KB197578

언어의 위로

곽미성 지음

모국어는 나를 키웠고
외국어는 나를 해방시켰다

언어의 위로

📖동양북스

일러두기

1. 프랑스어 인명과 지명은 최대한 외래어 표기법을 따르되, 이를 제외하곤 현지 발음에 가깝게 표기했습니다.
2. 붙임표(-)는 생략하고 붙여쓰기했습니다. 예시: Jean-Pierre Léaud 장피에르 레오
3. 단행본은 『겹낫표』, 단편과 일간지는 「홑낫표」, 영화는 〈홑화살괄호〉로 구분했습니다.

외국어로
생활하고 있습니다

마흔 넘어 지금처럼 살고 있을 줄은 몰랐다. 어린 시절의 나는 미래에 직장인보다는 그게 무엇이든 자유로운 전문가가 되어 있으리라 생각했고, 아이는 꼭 낳을 생각이었으며, 무엇보다 당연히 한국에서 살고 있을 거라고 상상했으니까. 결혼은 했지만 아이는 없고, 매일 출근하는 직장인이며, 스무 해 넘도록 외국에서 살고 있는 나는, 그러니까 어린 시절의 희망과는 반대로 살게 된 셈이다. 어린 시절의 내가 지금의 나를 본다면 외국어를 하며 산다는 사실에, 그것도 프랑스어를 주 언어로 사용하며 살고 있다는 사실에 가장 놀랄 것 같다. 고등학교에 입학해서 제

2외국어로 프랑스어와 독일어 중 독일어를 선택했을 만큼, 프랑스는 나와 아무런 관련이 없어 보였으니까.

어린 시절 TV 속에 등장한 프랑스인, 이다 도시 씨가 안 그래도 커다란 두 눈을 동그랗게 뜨며 "올랄라Oh là là"를 외칠 때마다, 동생과 깔깔대던 것이 내 인생에서 프랑스어를 구체적으로 인식한 첫 기억이다. 올-랄-라? 뭐야 저 이상한 소리는? 저런 게 프랑스어라고? 프랑스 사람들은 진짜 저렇게 말해? 푸하하하 프랑스어 너무 웃기다, 하면서. 그랬던 내가 그 언어로 매일매일을 살고 있다. 어이가 없어 할 말을 잃으면 작은 눈을 치켜뜨고 "올랄라 올랄라"만 외치는 사람이 되어서 말이다. 정말이지, 한 치 앞을 몰라서 비극도 되고, 희극도 되는 인간의 운명이 아닌가.

제2외국어로 독일어를 고르고 몇 달 후, 나는 급격히 영화의 세계에 빠져들었다. 도피처였던 도서관에서 영화에 관한 책이라면 뭐든 읽어치우던 어느 날, 지구 반대편에 있는 나라 하나를 책에서 발견하고 마음에 새겼다. 자유와 해방 그리고 영화의 나라라고 했다. 그곳이 내 인생의 무대가 될 수도 있겠다고 생각한 것은, 대강 성적에 맞춰 대학에 입학하고 얼마 지나지 않아서였다. 나는 영화를 본격적으로 공부하고 싶다는 갈망을 품게 됐고, 자유와 해방 그리고 영화의 나라가 떠올라 배낭여행을 갔다. 그리고 현장에서 덜컥 프랑스 유학을 결심하게 된다. 여기에서 공부할 수만 있다면, 어떤 고생도 영광스럽게 감수할 수 있을 것 같아서.

그로부터 스무 해가 넘게 지났다. 프랑스어를 배우고, 대학에 다시 들어가고, 영화를 만들고, 논문과 시나리오를 쓰면서 20대를 훌쩍 보냈고, 직장에 다니고, 먹고사는 일로 지금에 이르렀다. 많은 일을 한 것 같지만, 돌아보니 자유와 해방 그리고 영화의 나라에서 내가 한 일의 대부분은 살아남기 위한 발버둥이었다. 외국에서의 삶의 질은 다름 아닌 외국어 능력으로 달라졌다. 어떤 고생도 영광스러울 것 같다고 생각했던 과거의 나는 그 고생의 대부분이 프랑스어가 될 것임을 짐작하지 못했다.

내 것일 리 없다고 생각했던 일들이 내게 닥치고 그것을 받아들이게 되는 과정, 인생이 그런 과정의 연속이라

．

면, 외국어 공부도 마찬가지다. 내 것일 리 없다고 생각했던 소리가 내 것이 되고 당연한 듯 내 입에서 나오게 되기까지가 외국어 배우기의 전부지만, 인생이 그렇듯 그 과정은 생각만큼 간단하지 않다. 많은 이에게 '낭만의 도시'인 파리가 내게는 서투름의 기록이고, 서러운 청춘이며, 그리움이고, 도처에 상처투성이인 도시이듯, 프랑스어도 그렇다. 많은 이에게는 그저 감미롭고 우아하게 들릴 이 외국어는 내게 투쟁의 대상이고 권력의 상징이며 모멸감이고 비루함이자 상처다. 또한 그것은 나의 은신처이고 가면이자 해방이고 자유이기도 하다.

한번 쓰기 시작하면 술술 나올 줄 알았다. 성인이 된 후 알파벳도 읽을 줄 모르던 외국어를 생활 언어로 만들기까지, 지난 스무 해 동안 나의 매 순간을 지배하던 그 과정에 대해서라면, 책 몇 권이라도 쓸 수 있을 것 같다. 하지만 막상 쓰려고 하자 그 많은 이야기 중 무엇을 써야 할지, 어디서부터 시작해야 할지 감이 잡히지 않았다. 무엇보다 프랑스어를 모르는 독자들이 많을 텐데, 읽는 사람이 잘 모르는 대상에 대해 어떻게, 얼마만큼의 깊이로 이야기해야 할지 가늠하기 어려웠다. 머릿속이 복잡할 때는 우선 써보는 것 외에는 답이 없다. 그렇게 천천히, 마음을 따라 쓰다가 알았다. 내가 정말 하고 싶었던 이야기는 비단 프랑스어에만 있지 않다는 것을. 어느 날 예기치 않게 다른 언어의 세계에 던져진 후, 그 언어로 변해간 삶의 이야기를 하고 싶었던 것임을. 외국어는 언어는 삶을 어떻게 바꾸는지, 그 이야기를 하고 싶었음을.

이 책은 크게 두 부분으로 나뉜다. 1부는 새롭고 낯선 언어가 성인의 삶에 스며드는 과정에 대한 고찰이다. 프랑스어는 내게 모국어도 아니고, 영어처럼 어린 시절부터 배워온 언어도 아니다. 성인이 된 후 한 외국어를 각별한 애정 때문이 아닌 어떤 목적을 이루기 위해 공부해야 할 때, 특히 생존을 위해 그것을 '시급하게' 채워 넣어야 할 때 경험하게 되는 일들과 포기해야 했던 것들과 그럼에도 욕심낸 것, 그 과정이 성장시킨 관계와 삶의 이야기를 썼다.

2부에는 그 외국어가 삶에 스며들면서 일으킨 파장의 순간들을 썼다. 외국어는 모국어와는 다른, 하나의 온전한 세계를 담고 내게 왔다. 그러니 그 파장은 모국어로 이루어진 본래의 세계에 이질적인 세계가 스며들면서 생긴 균열이라고 할 수 있겠다. 프랑스어가 내 마음을, 생각을, 나아가서는 가치관을 흔들고 시야를 확장시킨 순간들에 관한 고백이다.

일곱 개의 언어를 구사했고, 외국어로 글을 쓰며 삶의 문제를 해결해 갔다는 독일 작가 괴테는, "외국어를 통해 자신을 바라볼 때, 외국어는 그 자체로 거울이 된다"[•]고 썼다. "외국어를 모르는 사람은 모국어도 알지 못한다"[••]라는 그의 유명한 말도 같은 맥락일 것이다. 괴테의 표현을 빌리자면, 이 책은 거울이 된 외국어 이야기다. 나와는 아주 먼 세상의 말이라 여겼던 외국어가 결국 내가 가진 언어를 돌아보게 하고 나를 확장시킨 이야기.

프랑스어는 아름다운 언어지만, 우리나라에서는 다른

- [•] "Dies ist ein ganz eigener Spiegel, wenn man sich in einer fremden Sprache wieder erblickt." 「젤터에게, 1818년 3월 19일」
- [••] "Wer fremde Sprachen nicht kennt, weiß nichts von seiner eigenen." 「격언과 성찰 91」

외국어에 비해 쓰임이 많지 않다. 이 책을 통해 더 많은 사람이 프랑스어의 아름다움을 알고 배우게 되기까지는 바라지 않는다. 다만, 꼭 프랑스어가 아니더라도, 외국어가 열어줄 수 있는 다양한 삶의 가능성을 생각해 보면 좋겠다. 외국어라는 문은 언어를 구사하는 자라면 누구나 쉽게 열 수 있다. 그 문을 열고 나서면 끝이 보이지 않는 지루하고 고된 길이 펼쳐진다. 그 길에서 때로는 예상치 못했던 만남이 우리를 흔들고 균열을 내어 지금과는 다른 모습으로 만들어버릴 수도 있다. 그 과정은 매혹일 수도 혼란일 수도 있지만, 어쨌거나 당신은 상상도 할 수 없을 만큼 확장될 것이다. 그 문을 열고 나서지 않으면, 그 길을 걷지 않으면, 당신의 일상은 지금과 똑같을 것이다. 평온하다면 평온하게, 다른 일로 바쁘다면 바쁘게. 계속, 지금 그대로, 쭉.

무엇을 선택할 것인가.
그 길을 스무 해 넘게 걷고 있는 나의 이야기를 들려주겠다.

차례

프 랑 스 어 의
세 계 로
들 어 가 다

II 프랑스어가
내 삶으로
들어왔다

프랑스어의

세계로

들어가다

I

프랑스어가 매우 어려운 언어임을,
프랑스어로 글을 쓴 지
막 45년이 되어서 알아차리기
시작했습니다.

프랑스 작가 콜레트Colette의 말

제
프랑스어
실력은요…

"프랑스어는 완전히 마스터하셨죠?"

주말마다 이탈리아어 수업을 듣고 있다는 말에, 자리에 있던 한국인이 이렇게 물었다. 순간 당황해서 "그럴리가요" 하며 웃고 말았는데, 돌이켜 생각할수록 몇 가지 의문이 꼬리를 문다. 내가 프랑스어를 마스터했던가? 외국어를 어느 정도 하면 마스터했다고 말할 수 있을까? 문득 내 프랑스어 실력이 어느 정도인지 가늠해 본 지도 오래됐다는 자각이 든다. 가늠은커녕 그걸 궁금해했던 게 언제인지도 가물가물할 지경이다.

24년 전 여름, 프랑스의 중부 도시 리옹에 도착해 학생 기숙사에 짐을 풀었을 때, 내가 할 줄 아는 프랑스어는 대강 이게 다였다.

안녕하세요, 내 이름은 미성입니다.
Bonjour, je m'appelle Misung.

어떻게 지내십니까? Comment allez-vous?

그해 여름부터 여덟 달 동안, 나는 리옹에 있는 어학원에 다니며 프랑스어를 배웠다. 이듬해 봄에는 프랑스 대학에 들어가야 한다는 원대한 목표와 함께. 마음이 급했다. 그토록 영화를 공부하고 싶어서 일 년 남짓 다니던 한국의 대학을 자퇴하고 프랑스까지 왔는데, 대학에 못들어갈 수도 있다고 생각하면 심장이 조여왔다. 나는 한국의 입시 제도에서 탈출한 지 얼마 안 된 상태였고, 너무나 절실한 나머지 어떤 노력이든 할 준비가 되어 있었다. 한국의 입시 학원과 같은 강도 높은 교육 시설이 있었다면 기꺼이 나를 맡겼을 것이다. 그러나 내가 도착한 곳은 일반 학원도 눈에 띄지 않는 나라였고, 외국어란 혼자 열심히 공부한다고 해서 '마스터'할 수 있는 종류가 아니니 문제였다. 어학원의 인텐시브 수업은 아침 9시부터 오후 1시까지 이어졌고, 수업이 끝나면 학생 식당에서 점심을 먹고 도서관에서 저녁까지 보냈다. 전문적인 분야가 아니라면, 한국 입시생의 치열함으로 이루지 못할 일은 세상에 많지 않을 것이다(다만 수명이 줄어들 뿐). 어학원 수업 외에 독학으로 문법을 미리 공부하며 월반을 거듭했고, 월반하지 못하면 불안했다.

고등학교 때는 모의고사라도 있었지만, 프랑스어 공부는 실력을 가늠할 수 있는 기준이 많지 않았다. 기숙사에 새로 들어온 외국인이 있으면 가장 먼저 "프랑스에 온 지 얼마나 되셨어요?" 물었고, 나보다 어학연수 기간이 짧은데 높은 레벨의 반에 있는 한국인에게는, "한국에서 프랑스어 얼마나 배우고 오셨어요?" 물었다. 불문과 학생이거나 외고를 나왔다는 말을 들으면 그제야 마음이 조금 편안해졌다. 나와 같은 처지인 외국인의 실력을 기준 삼아 우쭐할 수 있었던, 다시 없을 평화의 시절이었다.

내 목표가 얼마나 터무니없는 것이었는지는 이듬해

대학에 들어가서야 실감했다. 그것도 아주 오랜 시간 동안, 호되고 매서운 고통을 견디면서. 호기롭게 "어떻게 지내세요?" 물어놓고서 상대가 대답하면 금세 할 말을 잃던 외국인은, 단 여덟 달 만에 어찌어찌 언어를 배워 대학에 들어갔다. 한국에서 대학을 다녔던 터라, 프랑스에서도 대입 자격은 있다고 인정돼 가능한 일이었다. 이제는 원어민 학생들과 경쟁해서 한 학년, 한 학년 올라가야 했다. 프랑스의 대학은 입학보다 졸업이, 한 학년씩 올라가는 일이 더 어렵다. 올라갈수록 정원이 줄어들기 때문이다.

당시의 나는 무슨 배짱으로 그리 서둘러 대학에 들어갔을까. 입학만 하면 끝이라고 생각했던가. '일단 들어가서 버티기만 하면 성공'인 사회에서 살다 왔기 때문일까. '언어 감각이 있다'는 칭찬을 듣고 어학원에서 월반을 거듭하며 느끼던 우쭐함은 프랑스 대학에 들어간 순간 빛의 속도로 사라졌다. 그 이후로 현재까지 프랑스인 사이에 섞여 살면서 그런 자신감을 다시 느낄 일은 한 번도 없었다.

내가 입학한 학교에는 외국인이 매우 드물었고, 동양

인은 손에 꼽을 정도였다. 같이 입학한 프랑스인 학생들은 갓 고등학교를 졸업해 막 성인이 된 십 대들이었고, 대부분 나보다 한두 살 어렸다. 그들은 누구와도 금방 친해졌고, 몰려다녔으며, 거의 매일 저녁 누군가의 집에서 수아레(soirée 파티)를 열었다. 100미터 떨어져서 봐도 외국인인 나를 아무도 어색해하지 않았는데, 이민자의 존재가 익숙한 환경에서 자라왔기 때문이었다. 다만, 내가 입을 열어 프랑스어를 시작하면 모두가 당황한 표정으로 말을 잇지 못했다. 그들의 초중고 시절 같은 반 친구였던 이민자들은 모두 이민 2세 혹은 3세들로, 겉으로만 다를 뿐 '프랑스인'이나 다름없었기 때문이다. 그들 대부분은 프랑스어를 잘 못하는 외국인과 함께 학교에 다녀본 적이 없었다. 느리고 더듬거리는 나의 프랑스어를 듣다가 그들은 물었다.

"프랑스에는 왜 왔니? 부모님은 어디에 계셔?"

아시아계 이민자들이라면 제일 먼저 떠오르는 것이 중국 식당이고, 그러니 식당 일을 하는 부모님을 따라 프랑스에 왔나 보군, 추측하며 던지는 질문이었다. "부모님은 한국에 계시고, 나는 여기에서 혼자 살아"라고 대답하면, 다들 그저 "야, 너 대단하다!" 같은 감탄사만 연발했다. 매일 아디다스 트레이닝복을 입고 학교에 오던 우리 반 엘로디가 "부모님이랑 그렇게 멀리 떨어져서 혼자 산다… 나는 절대 그렇게 못 할 것 같아. 가족들을 다른 나라에 두고… 아, 상상도 할 수 없어" 하며 절레절레 고개를 흔들던 모습이 지금도 눈에 선하다. 참고로, 프랑스의 젊은이들은 대체로 대학 입학과 함께 독립해 집을 나오지만, 가족 간의 유대는 무척 *끈끈*한 편이다.

1학년 첫 학기에는 음향 기술 수업이 있었다. 팔 전체에 타투가 있는 젊은 강사는 인기가 많았지만, 수학 공식이 난무하고 기술적인 설명이 많아 모두가 어려워하는 수업이었다. 어느 날 수업이 끝나고 노트를 정리하는데, 옆자리에 앉은 알렉시가 툭 내뱉듯 말했다. "쎄 쉬엉." 바로 알아듣지 못한 내가 뭐라고? 하며 다시 묻자, 그가 나를 빤히 보더니 다시 말했다. "트레 쉬엉, 농?"

쉬엉이라니? 쉬엉은 '개'인데? 선생님이 개라는 말인가? 나는 깜짝 놀라서, 다시 한번 뭐라고? 하며 물었고, 알렉시는 영문을 모르겠다는 표정으로 같은 말을 반복해서 말해주었다. 그렇게 열 번쯤, 아무리 들어도 '개'라는 뜻 같은 "쉬엉"을 반복하다가, 어깨를 으쓱하고 자리를 떴다. 한참 사전을 찾아보고서야, 그가 말한 쉬엉chiant은 '지루하다', '짜증 난다'라는 뜻의 형용사였고, 내가 아는 '개'라는 단어는 쉬앙chien이라는 발음에 가깝다는 것을 알게 됐다. 우리가 "아, 짜증 나"라는 말을 쉽게 내뱉는 것만큼, 프랑스 대학의 복도와 카페테리아에서 몇 초에 한 번씩 들을 수 있는 말이 바로 그 "쎄 쉬엉C'est chiant"이었다. 알렉시는 그날 이후로 내게 말을 걸지 않았고, 나또한 그와 눈이 마주칠 때마다 서글퍼져서 황급히 고개를 돌렸다. 그날, "쎄 쉬엉"을 열 번쯤 반복했을 때 의아함을 넘어 아연실색하던 그의 창백한 얼굴을 나는 잊지못한다.

　　이 세상 창피함은 모두 나의 몫이요, 굴욕은 나의 이름이었다. 시간은 잘도 흘렀다. 잘 못 알아듣는 나를 위해 천천히 또박또박 말하려 노력하던 친구들은 어느 순간부터 온갖 은어와 약어로 점철된 그들의 프랑스어를 내가 알아듣든 말든 편하게 구사했고, 나의 동문서답도 '쟤 또 못 알아들었군' 하는 표정으로 대충 넘어갔다. 가끔은 알아듣고, 대부분은 알아듣지 못한 채로 나는 그들 사이에 끼어 수업을 듣고, 토론하(는 것을 지켜보)고, 학생 식당에 가고, 시나리오도 썼다. 많은 밤 함께 술을 마셨고, 시험 공부(에 대한 걱정)를 했고, 급기야 함께 영화도 만들었다. 어느덧 우리는 휴일에도 만나 지하철을 타고 극장에 갔고, 특별한 일이 없는 날에도 모여 술을 마셨다.

그렇게 두 해쯤 지났을 때, 나는 그들이 하는 말을 가끔은 알아듣지 못했고, 대부분은 알아듣게 됐다. 그리고 더 이상 나의 프랑스어 실력이 궁금하지 않은 날들이 나도 모르는 새 시작됐다. 훗날 남편이 된 프랑스인 남자 친구와 말다툼하다가 소스라치게 놀라게 되는 그 순간까지 나는 프랑스어 실력을 가늠하지 않고 살았다. 격렬해진 감정의 온도 그대로, 머릿속에 차오르는 생각의 속도 그대로, 프랑스어가 줄줄줄줄 입에서 나오고 있었다. 세상에, 어느 날 갑자기.

수영 실력은 수영장에 있을 때나 의미 있는 것이다. 망망대해에 던져졌는데, 올바른 자세와 기록 따위가 무슨 의미가 있는가. 함께 헤엄치는 무리에서 도태되지 않고 따라가기 위해서는 그저 죽을힘을 다해 팔다리를 휘 젓는 수밖에…. 죽을 것 같은 고비를 수백 번 넘기고 또 넘기다 보면, 어느새 하늘도 보고, 옆에서 헤엄치는 친구 와 농담도 주고받고 있는 자신을 발견하는 순간이 온다. 아니, 내가 지금 구름을 감상하고 있는 거야? 헤엄치는 게 이렇게 편하고 자연스럽다니. 문득 놀라서 뒤를 돌아 보면, 나는 이미 출발지에서 아주 멀리 와 있는 것이다.

프랑스어는 마스터했냐는 질문이 이제 프랑스어는 완벽하냐는 의미였다면, 나는 자신 있게 대답할 수 있다. 아니, 나의 프랑스어는 완벽하지 않다고. 마치 멀리서 보 면 그럴 듯하지만 가까이에서 보면 허술하기 짝이 없는 모조품처럼, 나의 프랑스어에는 빈틈이 여전히 많다고. 그것이 나의 프랑스어 수준에 대해 정확하게 알고 있는 단 한 가지라고.

그럼에도 현재 나의 프랑스어 수준이 어느 정도인지 궁금하다면, 이렇게는 말할 수 있겠다. 그런 게 있다면, 나는 해방의 레벨에 이르렀다고. 프랑스어에 대한 강박 으로부터의 해방에….

프랑스어
해방
일지

외국어, 그러니까 모국어가 아닌 언어에 과연 완벽해질 수 있을까. 스무 해 넘게 외국어 생활자로 살아온 사람으로서 그건 불가능한 일이라 믿고 있다. 우리 각자가 추구하는 '완벽'이 다를 테지만(사전을 찾지 않고 말하고, 듣고, 읽고, 쓰기가 가능한 수준을 말하는지, 고급 프랑스어를 정확하게 구사하는 수준을 말하는지), 자신의 모국어 수준을 한번 돌아보자. 참고로 내 경우엔 국어사전과 매의 눈을 가진 편집자의 도움 없이는 책을 쓸 수 없고, 말할 때는 정확한 단어가 생각나지 않아 자주 버벅거리며, 말이 길어지면 주술 관계를 맞추기 위해 애를 써야 하는 그런 한국어 실력을 갖추고 있다. 40년 넘게 쓴 모국어도 이런데, 외국어는 어떻겠는가.

그럼에도 나의 프랑스어 수준이 '해방의 단계'에 이르렀다고 생각하고 있는데, 이것은 초급-중급-고급으로 이어지는 맨 마지막 단계를 말하는 게 아니다. "초급이건 고급이건, 그게 뭐가 중요하죠?"와 같은, 해탈에 가까운 해방이다. 프랑스어든 러시아어든 아랍어든 상관없이, 외국어를 공부하는 모두에게 이 자세를 권유하고 싶다. 오랜 시간의 경험으로 알게 됐기 때문이다. 외국어는 언제까지나 외국어일 뿐, 완벽해지는 일은 영원히 없을 것임을, 외국어에서 스트레스와 강박을 걷어내는 것이 가장 빨리 발전할 수 있는 지름길임을.

한국 방송국의 해외 지사에서 국제 뉴스 만드는 일을 할 때다. 특파원을 도와 프랑스인 인터뷰이를 섭외하고 인터뷰하는 일을 많이 했는데, 극강의 프랑스어 실력이 필요했다. 우선 출연자를 섭외하는 것 자체가 한국어로 한다 해도 난도가 낮은 편은 아니다. 방송 일 특성상 시간이 넉넉한 경우가 거의 없어서 '지금 당장' 혹은 '이번 주 내로' 카메라 앞에 서달라고 '설득'해야 하는데, 한국에서야 이름만 대면 다 아는 회사지만, 프랑스에 그나마 알려진 한국산 알파벳 세 글자는 BTS뿐이므로(이것도 최근의 일이다), 거기서부터 쉽지 않았다. 지구상 어느 곳에는 이런 이름의 방송국이 있다는 것부터 알린 뒤, 우리가 만들고 있는 뉴스 아이템을 소개하고, 왜 당신이 필요한지를 말하고 나서야 본격적인 설득 과정이 시작됐다.

우리가 만나야 하는 인터뷰이는 각계의 전문가들이었고, 그들은 대체로 매우 바빴다. 정확히 어떤 내용을 취재하려고 하는지(이 이야기를 해줄 사람은 당신뿐이에요), 시간은 얼마나 걸릴지(눈 깜짝할 새 끝나요), 어떤 부분이 인터뷰 내용이 될지(당신이 잘 아는 그 부분만 물을게요), 쟁점은 무엇인지(지구 반대편에서는 초미의 관심사랍니다)를 설득력 있게 이야기해야 하는데, 대부분 사회적, 경제적으로 깊이 있는 내용들이었다. 이를테면, 35시간 노동이 실업률에 미친 영향이라든가, 월세 상한 제도의 실효성이라든가, 출생률과 이민법의 관계라든가 하는.

통화를 하다 보면, 내 할 말은 어찌어찌 한다고 해도,

프랑스인 전문가의 '수준 높고 심도 있는' 말들을 따라가지 못하는 상황이 자주 발생했다. 상대가 반복적으로 언급하는 단어의 의미를 몰라서, 혹은 그가 구사하는 문장이 너무 복잡해서 길을 잃었는데, 얼마 후 상대가 내 대답을 기다리는 순간이 오면 조용히 식은땀이 흘렀다. '미안한데 무슨 말인지 하나도 모르겠네요'가 솔직한 내 대답이었으므로.

전화기를 들기가 두려웠다. 내가 쓴 논문이 몇 편인데, 우리 집에는 몇 년째 프랑스인이 살고 있는데, 10년 이상 축적된 나의 프랑스어 실력이 겨우 이 정도였나 하는 자괴감도 들었다. 내 사정이야 어떻든 일은 일이었고 해내야 했다. 아니, 잘하고 싶었다. 아무리 잔머리를 굴려봐도 방법은 하나밖에 없었다. 솔직해지는 것. 나의 모자람을 인정하고 도움을 청하는 것.

그때부터 프랑스인과 대화 중 모르는 단어가 나오면 그냥 물었다. "미안한데, 그… 뭐라고요? 그 단어는 무슨 뜻인가요?" 또, 상대의 설명을 듣다가 이해가 안 되면, 아니 조금이라도 모호하면 당당히 말했다. "미안한데, 이해가 안 됩니다"라고.

　　그러면 프랑스인들은 '아, 맞지, 이 사람에게 프랑스어는 외국어였지' 그제야 자각했다는 듯 미안해하며 속도를 줄였다. 그리고 내가 몰랐던 단어의 의미를, 문장의 의미를 보다 단순하고 명확하게 다시 이야기해 주었다. 마치 선생님이 된 듯 책임감도 느끼는 것 같았고, 더 친절해지는 것도 같았다. 왜 그동안 말하지 못하고 전전긍긍했나 싶었다. 내게 프랑스어는 어쨌거나 외국어인데, 모르는 게 당연한 거 아닌가. 나의 프랑스어 해방기는 그렇게 프랑스어가 외국어임을, 나는 외국인임을 의식하고 모르는 것을 모른다고 밝히는 일로 시작됐다.

　　자꾸 하다 보니 질문의 기술도 늘었다. 상대가 말하는 어떤 단어나 문장의 의미를 모르겠을 때, 상대가 한참 이야기를 이어가는 중이라면 우선은 맥락을 파악하려고 애썼다. 듣다가 그 단어나 문장이 결정적인 의미를 쥐고 있다는 판단이 들면(그 단어 하나로 의미가 바뀔 수 있겠다는 생각이 들면), 혹은 다 이해는 했지만 조금이라도 모호한 지점이 있으면, 그의 말이 끝나기를 기다렸다가 "아 그러니까 이런 의미지요?" 하며, 내가 머릿속으로 정리한 내용을 먼저 브리핑했다. 그의 설명이 대학교수 수준이라면, 내 버전은 초등학생 수준이지만, 그게 더 효과적이었다. 초등학생에게도 설명할 수 있을 정도로 이해해야 뉴스도 만들고 하지 않겠는가. 내가 이해한 내용이 맞다면 상대는 내 버전에 꼭 덧붙여서 알아야 할 정보만을 추가로 말해준다. 틀렸다면 내 수준에 맞추어 다시 설명해 준다. 그 과정에서 서로 안심하게 되고, 이상한 일이지만 대화는 조금 더 친밀해졌다. 나의 질문은 청자로서 당신의 말을 잘 듣고 있고 더 잘 이해하고 싶다는 메시지가 됐고, 본인의 한마디 한마디, 단어 하나하나에 상대가 집중하고 있음을 느낀 화자는 더 신중하고 섬세해졌다.

　모름을 인정할수록, 모른다고 이야기할수록 더 알게 된다. 의심과 모호함이 가득 찼던 머릿속은 선명해졌고, 몰랐던 프랑스어 표현들, 단어들도 그 단계에서 많이 배웠다. 묻지 않았으면 몰랐을 것들을 알았고, 내가 어떤 종류의 것들에 무지했는지도 빠르게 알게 됐다. 물론 그전에도 그래야 한다는 것을 알고는 있었다. 배우는 사람은 모르는 것을 부끄러워하지 말아야 하고, 질문해야 한다는 건 어릴 때부터 지겹게 들어왔던 말이니까. 그저 드러나는 게 부끄럽고 또 귀찮아서 하지 않았을 뿐.

　그런 맥락에서다, 해방이 필요한 이유는. 무지가 부끄럽지 않아도 되는 공부, 이 세상 다른 어떤 공부보다도 해방의 자세가 필요하고, 또 가능한 것이 외국어가 아닐까. 언어는 어떻게 구사하느냐에 따라 수없이 맥락과 의미가 바뀌고, 수없이 다양한 발음으로 변주되는데, 완벽이 어찌 가능하겠는가. 언제든 다시 초보가 될 수 있음을 겸허하게 인정하는 수밖에.

　얼마 전 퇴근하고 집에 왔더니, 나보다 일찍 귀가한 남편이 아르튀르와 함께 있었다. 아르튀르는 남편의 옛 동료이자 이제는 나와도 친구가 된 프랑스인이다. 새벽형 인간인 내게 퇴근 이후의 저녁은 가만히 누워 있는 것 외에는 어떤 일도 불가능한 시간이지만, 우리 집에 온 손님과 시간을 보내지 않을 수는 없었다. 아니, 이렇게 찾아온 술 마실 기회를 날려버릴 수는 없었다고 해야 할까. 먹고 마시며 이야기를 나누다가 어느덧 밤 10시가 넘어갈 때였다. 아르튀르가 당시 쓰고 있던 책에 대해 궁금해해 한참 소개하는데, 내 말을 듣는 남편의 표정이 이상했다. 13년 차 부부의 공력으로, 그것은 내 프랑스어가 평소와 다를 때 나오는 민망함임을 알아챘다. 아니나 다를까 내가 말을 끝내자, 남편이 말했다. "너 프랑스어 무슨 일이야? 피곤해서 그래?" 아, 내가 또 문법에 맞지 않는, 이해하기 힘든 말들을 잔뜩 했나 보군, 생각하고 있다가 그날 아르튀르를 배웅하며 이렇게 말했다. "잘 가, 다음에는 내가 프랑스어 잘할 때, 주말이나 낮에 만나자."

모국어와 달리 프랑스어는 나의 무의식으로까지 스며들지 못했고, 더 많은 에너지가 필요하다. 피로가 극에 달하면 프랑스어 문장들은 올바른 문법과 단어로 구사되지 못한다. 정작 당사자인 나는 대개 그 사실을 인지하지도 못한다는 사실이 애석하다. 그걸 청자의 표정으로 눈치채야 한다니. 스무 해 넘도록 생활 언어로 써온 프랑스어는 끝내 외국어로 남았다. 모자람을 인정하면 마음이 편하다.

프랑스어에서는 이토록 해방됐다고 하면서, 과연 다른 외국어도 그럴까, 가슴에 손을 얹고 그건 아니라는 생각이 불현듯 떠오른다. 영어를 할 때, 이탈리아어를 할 때, 나는 편안하지 않다. 누군가의 유창한 영어나 이탈리아어를 못 알아들었을 때, "잠깐, 뭐라고요? 무슨 말인지 하나도 모르겠어요. 그 부분만 다시 말해줄래요?"라고, "오늘은 피곤해서 말이 잘 안 나오네요. 다음에는 괜찮을 거예요"라고 말할 마음의 여유가 내게는 없다. 그 차이는 뭘까. 왜 프랑스어를 말할 때는 짱짱한 배짱이 영어나 이탈리아어 앞에서는 사라지는 걸까? 이탈리아어는 워낙 초보라서 그렇다 치지만, 영어는 프랑스어만큼은 아니어도 몇 년을 배웠는데, 영어 앞에서 나는 왜 여전히 주눅 들어 있는가.

알고 있다. 모르는 것을 모른다고 말하는 것도 자신감이라는 것을. '이 정도로 프랑스어를 사용하며 사는데도 모르는 게 있다면, 모를 만하니까 모르는 것'이라는 믿음에서 오는 자신감이다. 영어는 다르다. 평소에 쓸 일이 별로 없으니, 프랑스어보다 못하는 게 당연한데도 늘 자책한다. '그렇게 오래, 프랑스어보다 훨씬 먼저 배우고 공부했으면서 이것도 모르다니' 하는 생각에 늘 부끄럽고, 내가 밉다.

외국어니까, 자주 사용하지 않으면 잘하기 힘든 외국

어니까 당연하다고, 겸허히 인정하지 않으면 나아갈 수 없다고, 이 글을 쓰면서 마음을 다잡아본다. 그러니 "아, 뭐라고 하셨죠? 그 단어는 무슨 뜻인가요? 제가 평소에 영어를 쓸 일이 별로 없어서요"라고, 바로 튀어나올 수 있도록 이 문장부터 영어로 익숙하게 만들어야겠다. 질문하고 대답을 듣고 나면 최소한 문장 하나, 단어 하나는 내 것이 되겠지. 외국어 앞에서 '나는 왜 이 모양이야' 하는 자책은 이제 그만. 외국어니까 당연한 거다.

정확한
행복을
말하기까지

heureux

    헤우레욱스. 아니지, 프랑스어에서는 에이치가 묵음이랬으니, "에우레욱스?"

    선생님이 싱긋 웃고는 한껏 입을 오므리며 발음을 들려준다. "외호" 생각지도 못한 소리다. 일곱 개의 알파벳이 나열된 저 긴 단어가 이렇게 획 지나가는 바람 같은 소리를 낸다니.

    선생님을 따라 입을 오므리고 소리를 내본다. "오호오" 저 안쪽에서부터 목을 긁으며 힘차게 솟아 나오는 프랑스어의 R 발음은, 우리말의 히읗 발음도, 그렇다고 리을 발음도 아니다. 언젠가는 그 소리를 낼 수 있게 될까? 이 단어는 영어의 happy에 해당하는 행복하다는 의미의 형용사라고 한다. 외회, 외호, 외쾨… 반복해 따라 할수록 도대체 이게 뭔가 싶다. 이런 소리를 내면서 행복을 말하다니…. 행복감에 웃느라 활짝 벌어진 입을 애써 오므리며, "외호"라니. 24년 전이지만, 나는 한국 알리앙스 프랑세즈 왕초보반 교실에서 이 단어를 배우던 순간을 또렷이 기억하고 있다.

며칠 후 수업에서는 계란을 뜻하는 œuf라는 단어가 나왔다. 선생님은 또 입을 한껏 오므리며 "외프" 비슷한 소리를 내고는 이렇게 설명했다.

"이 단어는 주의할 점이 있어요. 단수일 때는 외프로 발음하지만, 복수형, 그러니까 끝에 S가 붙으면 발음이 달라져요. 끝에 붙은 에스는 당연히 발음 안 하고(프랑스어는 마지막 자음을 발음하지 않는다), 에프도 발음하지 않습니다. 단수형일 때는 외프였지만, 복수가 되면 그냥 외가 되는데, 약간 으에 가까운 외예요."

참 나, 뭐 이런 언어가 다 있나. 단수형은 그렇다 치지만, '으'에 가까운 '외'라는 소리가 '여러 개의 계란'이라는 뜻이라니, 과연 나는 프랑스에서 계란을 사 먹을 수 있을까.

모르고 들을 땐 솜사탕처럼 폭신폭신 녹아내릴 것 같던 프랑스어는 알면 알수록 이런 물컹한 에일리언 같은 소리로 가득했다. '이렇게 바람 지나가는 소리를 내면 그걸 알아듣고 대답한다니, 이런 소리를 말이라고 하게 될 날이 과연 올까' 같은 생각을 하며 "선생님, 프랑스어 정말 우울하네요" 하자, 파리의 대학에서 문학 박사 학위를 갓 받아 왔다는 한국인 선생님이 말했다.

"저는 프랑스 사람과 결혼해서 아이가 있는데요, 저희 집에서 제가 프랑스어를 제일 못해요. 지금도 이 '계란'이라는 단어를 식구들만큼 완벽하게 발음하지 못해서 아이한테까지 지적받는답니다" 하며 해탈한 자의 인자한 미소를 지으며 말했다. "저는 지금도 우울한걸요, 프랑스어 때문에."

헉… 선생님, 그 말은 위로인가요, 경고인가요…. 털썩.

둘 중 무엇이라 해도 돌이키기엔 이미 늦은 시점이었

다. 나는 얼마 후 벽돌보다 무거운 불한사전을 경전처럼 안고서 파리로, 그리고 리옹으로 가는 비행기에 올라탔다.

리옹의 학생 기숙사에는 여러 국적의 학생들이 있었다. 5층(프랑스식으로 4층) 건물에 층마다 못해도 방이 50개는 넘는 것 같았고, 외국인은 대부분 아시아, 중동 출신의 학생들이었다. 기숙사가 리옹 대학과 가까이 있어서, 이미 프랑스어를 잘하는 유학생이나 다른 지역에 본가가 있는 프랑스인 자취생도 많았다. 20대 초반인 그들은 대체로 몰려다녔고 수다스러워서, 기숙사 건물에만 들어가면 어디서든 '젊은이들의' 프랑스어가 귀에 꽂혔다.

다행히 특별히 행복한 일도, 복수의 계란을 주문할 일도 없었으나, 생경하고 이상한 말들은 지속적으로 등장했다. 기숙사 복도에서 자주 귀에 꽂혔던 말 중에 "바지"가 있었다. 그들은 몰려다니다가, 한 번씩 큰소리로 "바지~~"를 외쳤다. 도대체 바지는 무엇일까, 내가 아는 그 바지는 아닌 것 같은데. 사전을 아무리 뒤져도 비슷한 단어조차 찾을 수 없었다. 그 비밀은 한참 후에야 알게 됐다. 내가 복도에서 수없이 들었던 그 바지는 "Vas-y"로 표기되는대, 직역하면 "거기로 가라!"라는 명령이었다. 구어에서는 상대를 재촉하는 데 쓰이는 말로, 어떤 감정을 넣느냐에 따라, "시작해 봐", "해봐", "얼른 해", "뭘 꾸물거리는 거야" 등의 의미로 변주된다. 당시의 내게 바지는 입는 물건일 뿐, 다른 뜻으로 쓰는 건 영 어색해서 한동안 그 말을 들을 때마다 이상하게 외롭던 기억이 난다. 누군가 "Vas-y"를 외칠 때마다, 나는 나의 바지가 있는 곳으로, 바지가 바지인 나의 고향으로 가고 싶어졌다.

프랑스어를 배울수록 물컹한 에일리언 같은 단어도 계속 등장했다. 요거트를 의미하는 yaourt의 발음은 '야우흐'였고, 버터는 beurre, '뵈에흐'라고 발음했으며, 시간은 heure, 입을 한껏 오므린 '외흐'였다. 물은 eau, '오'였다. 이런 외, 유, 어, 오 같은 탄성에 가까운 소리가 어떻게 독립된 말이 될 수 있다는 걸까. 식당에서 물 달라는 말을 할 수 있기까지 얼마나 오랜 시간이 걸렸는지, 다른 말은 프랑스어로 하고, 물은 꼭 '워터'로 부르던 때가 있었다.

숫자를 세는 법도 독특했다. 희한한 20진법과 60진법으로, 이를테면 숫자 78은 soixante-dix-huit(60+18, 수와썽디즈윗)이 됐고, 83은 quatre-vingt-trois(4×20+3, 꺄트르 방

투화)라고 불렀다. 나는 이 숫자 세는 법을 보고, 우리나라 초등학생들의 산수 실력이 프랑스 아이들보다 앞서는 이유가, 우리가 오랫동안 믿고 있었던 지능이나 교육 방식 같은 그런 거창한 게 아닐 수도 있겠다고 생각했다. 78을 칠십팔이라고 부를 수 있는 아이들과 60+18이라고 계산한 후에야 부를 수 있는 아이들의 산수 실력은 다를 수밖에 없지 않은가. 어쨌거나 숫자마저도 내 편이 아니어서, 슈퍼에서 캐셔가 내가 내야 할 금액을 이야기해 주고 나면, 한동안 생각할 시간이 필요했다. 꺄트르 방 디즈윗 프랑이면(유로화가 도입되기 전이었다), $4\times20\cdots+18$이니까, 팔십에다가 십팔을 더해 구십팔 프랑이라는 말이군. 머릿속에 숫자를 띄워 올린 후 지갑을 여는 순간이면, 내 뒤로 길게 줄을 선 사람들의 한숨이 허공에 뭉쳐 있다가 어깨 위로 내려앉는 것 같았다.

아무런 의미도 느껴지지 않는 낯선 소리를 유심히 듣고, 최대한 흉내 내어 말하고, 그 안의 논리를 헤아리고, 아는 척 느끼는 척 구사하는 일이 외국어 공부의 첫 과정이다. 낯섦과 이질감이 마모될 때까지, 수없이 반복해 익숙해지는 일이 외국어 배우기의 전부일 수도 있다. 나는 본능적으로 깨달았다. 수십 년간 내게 피부처럼 익숙한 나의 소리를 우선 비우고 잊어야만 이 새로운 언어가 더 빨리 쉽게 내 것이 될 것을. 리옹에서 어학 과정을 시작하고 얼마 되지 않아 수영장에 다니기 시작했다. 처음에는 그저 운동 차원에서 한 주에 한두 번씩 다니다가 어느 날부터 매일매일 가게 되었고, 수영하는 시간도 한 시간에서 두 시간으로, 그 이상으로 점점 늘었다.

세상의 소리로부터 멀어지고 싶어 자꾸만 물속으로 들어가던 그때의 마음을 기억한다. 온종일 들어야 하고 익숙해져야 하지만, 도저히 내 것 같지 않은 이질적이고 낯선 소리에 피로해서 깊은 침묵으로 도망가고 싶었다. 무엇보다 나의 정다운 소리를, 의미로 가득한 나의 정든 말들을 잃고 싶지 않았다. 그것을 비워내야 새로운 소리가 담길 것 같은데, 과연 그런 날이 올까. 해낼 자신도 없었다. 고요한 물속은 세상의 소리로부터 멀어질 수 있는 유일한 도피처였고, 하루의 단 몇 시간이라도 내가 온전히 나일 수 있는, 내게 익숙한 언어가 마음의 짐이 되지 않는 유일한 장소였다. 귓병으로 수영을 할 수 없게 된 지금도 종종, 당시 물속에서 느끼던 평화로움, 고요가, 그 안정감이 그립다.

나의 왕초보급 프랑스어에도 불구하고 자주 말을 붙여주고, 프랑스어도 잘 가르쳐주던 착한 프랑스 친구가 있었다. 어느 날 학생 식당에 마주 앉아 밥을 먹다가 그가 물었을 것이다. 요즘 왜 그렇게 수영장에 자주 가냐고. 그의 질문은 정확히 기억나지 않지만, 그 순간을 기억하는 이유는 나의 대답 때문이다.

"파흐스크, 쥬 쉬 외호 라바(왜냐하면, 나는 거기에서 행복하기 때문이지 Parce que je suis heureux là-bas)."

휙 지나가는 바람 소리 같은 '외호'가 과연 내 행복감을 전달할 수 있을까, 의심스러워 친구의 표정을 살폈다.

"수영장에서 행복하다고?" 그가 믿을 수 없다는 듯 나를 보았다. 낯설고 이상한 외침 같던 소리가 의미를 갖게 된 순간이었다. 흡족함에 활짝 웃으며 고개를 끄덕이는데, 그가 갑자기 중요한 것을 얘기하려는 듯 눈을 크게 뜨더니 아이에게 말하듯 천천히 설명했다.

"아니, 이렇게 말해야지. 쥬 쉬 죄호즈Je suis heureuse."

너는 여자니까, 외호heureux가 아니라, 주어에 여성형으로 일치시켜서 외호즈heureuse가 되고, '나는'이라는 의미의 쥬 쉬Je suis에서 마지막 글자 에스가 연음이 되니까 '쥬 쉬 죄호즈'로 발음하는 게 맞는다는 설명이었다. 그렇게 나는 20년 공부한 박사 학위 소지자도 우울하게 만드는 프랑스어의 세계에 한 발, 한 발 들어서고 있었다.

당신이 그냥
하는 말에
내 마음은 두근두근

초급 수준의 어학 실력으로 다른 나라에서 살게 되면, 아무리 자존감이 높은 사람이라도 주눅이 들기 마련이다. 빵집에서, 슈퍼, 극장, 심지어 맥도날드 계산대에서도 그랬다. 바빠 죽겠는데 말귀 못 알아듣는 손님에게 친절할 점원은 없고, 그들의 점점 사나워지는 표정 앞에서 재차 "뭐라고요?" 물을 수밖에 없는 왕초보의 마음도 편할 리는 없다. 그 거칠고 험난한 시기를 꽤 오랫동안 보내야 할 것 같았으나, 나를 구한 것이 있었으니, 어느 날 어학원 수업에서 배운 조건법이었다.

예의 바르고 완곡한 표현이라는 조건법 현재형을 배우며, '쥬 부드레je voudrais'라는 표현을 외웠다. '원하다'라는 뜻의 vouloir 동사의 1인칭 조건법 변형으로, 자신이 원하는 것을 예의 있게 요청하는 표현이다. 바로 그날 오후, 내 입에서 "쥬 부드레~"가 나오던 순간, 잔뜩 찌푸려졌던 빵집 점원의 미간이 환하게 펴지던 것을 기억한다. 그리고 얼마 후, 누군가 말해주었다. '봉주르'는 예의 바른 인사가 아니라고. 그 뒤에 여성이면 마담madame을, 남성이면 무슈monsieur를 붙여야 진짜 인사라고. "봉주르 마담, 쥬 부드레 윈 바게트(안녕하세요 부인, 바게트 하나 주실 수 있을까요 Bonjour Madame, je voudrais une baguette)." 상점에 들어서서 이렇게 말을 시작하니, 이전까지 나만 보면 한숨을 푹푹 쉬어대던 사람들이 마치 딴사람이 된 것처럼 미소까지 보여주었다. 여기에 영어의 플리즈please에 해당하는 '씰 부 플레S'il vous plaît'까지 붙이자, 세상이 내 편으로 변했다. 마치 마법의 가루가 뿌려진 것처럼.

지구에서 제일 자유분방한 나라인 줄 알았던 프랑스는 사실 예의와 형식이 무척 중요한 나라였다. 우선 인사

법만 해도, 장소와 상대 불문 봉주르 마담, 봉주르 무슈로 운을 떼며, 마지막에는 감사하다는 말과 좋은 하루 보내라는 말까지 빼놓지 않는다. 또한 상대가 감사하다고 말하면, 천만에요로 화답해야 한다. 아침저녁으로 붐비는 빵집 점원의 경우, 최소한 1분에 한 번씩은 세 개의 인사(안녕하세요, 감사합니다, 좋은 하루 보내세요)를 반복한다는 말인데, 이들은 당연하다는 듯 그렇게 한다. 손님이 왕이기 때문이 아니고, 마땅히 지켜야 할 타인에 대한 예의로.

나는 나름대로 오래 고생하면서 알아낸 이런 마법의 표현들을, 프랑스에 도착하자마자 알아채는 사람을 본 적이 있다. 파리에 발령받아 온 기자였는데, 프랑스어라고는 봉주르밖에 모르던 그가 어느 날 프랑스인 취재원에게 이렇게 말하는 것을 보았다. "봉주르 마담, 만나서 반갑습니다. 무척 아름다우시네요(Bonjour Madame, Enchanté de vous voir. Vous êtes très belle)." 정확하지 않은 발음과 부자연스러운 악센트였지만, 취재원은 함박웃음을 지었고 분위기도 유쾌해졌다. 나중에 그런 말은 어디에서 배웠냐고 물었더니, "프랑스에서 이렇게 말하면 다들 친절해지더라고요. 처음엔 영어로 말하다가 프랑스어를 통으로 외웠죠"
했다. 이런 감각은 본능인가, 지능인가. 프랑스 문화의 핵
심을 꿰뚫은 신속한 통찰력에 감탄했었다. 칭찬은 고래
도 춤추게 한다지만, 보통 저런 말을 첫 만남에 하지 않
는 이유는 '그냥 하는 말'임을 너도 알고 나도 아는 마당
이니 자칫 거북해질 수도 있고, '그냥 하는 말'이 아니라
면 더더욱 오해를 살 위험이 있기 때문 아니겠는가. 하지
만 프랑스에서는 좀 다르다. 그 '그냥 하는 말' 속에 감정
과 열정이 불타(야 하)는 언어가 바로 프랑스어다.

　　프랑스어를 이해하고 느끼기 시작하면서, 프랑스를
낭만의 나라라고 하는 이유가 에펠탑과 퐁뇌프 다리 위
의 연인들 때문이 아니었음을 깨달았다. 프랑스어로 스
무 해 넘게 생활하고 있는 지금도 자주 느끼고 있다. 진정
한 낭만은 이들의 말, 그것도 '그냥 하는 말' 속에 스며들
어 있다는 것을.
　　은행에 갔다고 해보자. 담당자와 약속을 잡고 갔지만,
앞선 미팅이 지연돼 대기실에 앉아 잠시 기다리게 됐다.
그는 대기실로 들어오면서 "기다리게 해서 미안합니다"

라고 말하며 이렇게 덧붙일 것이다. 이제 "나는 당신의 것입니다!*Je suis à vous!*"라고. 이 표현은 조금 전까지 다른 일로 바빴지만 이제 당신과의 일에 집중하겠다는 의미로, 상대를 기다리게 했을 때 프랑스 사람들이 아주 흔하게 쓰는 표현이다. 나는 프랑스 사람들이 이 말에 감정을 담지 않는다는 것을, '그냥 하는 말'임을 너무나 잘 알고 있지만, 그럼에도 들을 때마다 기분이 좋아 입꼬리가 올라간다.

누군가 내 두 눈을 바라보며(보통은 사과의 제스처로, 이제는 당신에게 집중하겠다는 의미로 눈을 보며 힘주어 말한다), "나는 당신의 것"이라고 말하는데 어떻게 태연할 수 있겠는가. 나는 살면서 이토록 강렬하고 직접적인 고백을 받아본 적이 없고, 그 말을 하는 사람이 남자든 여자든 상관없이 설레지 않을 도리가 없다. 그리고 책임감이 샘솟는 것이다. "나는 당신의 것"이라는 말은 '나를 당신에게 맡기겠다'는 의미가 아닌가. 그런 사람과 보내는 시간에, 어찌 충성을 다하지 않을 수 있으랴. 아, 요망하도다, 프랑스어.

모두가 별다른 의미 없이 쓰지만 낭만이 넘치는 형식적인 말은 구어보다 문어에 더 많다. 그중에서도 편지글이 백미다. 처음 프랑스어를 배울 때, 편지 형식이 너무

엄격하고 복잡해서 놀랐다. 종이의 맨 위 왼쪽에는 발신자의 이름과 주소를, 오른쪽으로 내려와 수신자의 이름과 주소를 쓰고 그 아래에는 편지를 쓴 도시와 날짜를 써야 하며, 다시 왼쪽으로 내려와 한 줄로 편지의 목적을 쓴 다음에야 본론을 시작할 수 있다. 요즘에는 편지를 주고받는 사람도 거의 없고, 행정 문서도 대부분 디지털화됐지만, 여전히 종이 편지는 이런 형식으로 쓰인다.

내 마음을 쥐락펴락하는 것은 편지의 끝인사 구문이다. 델프DELF라고 하는 프랑스어 능력 시험을 준비하면서 달달 외웠어야 했을 만큼, 프랑스에서는 모든 국민이 이 구절로 편지를 끝맺는다. 바로 "저의 각별한 감정을 받아주십시오Veuillez agréer l'expression de mes sentiments distingués"라는 문장인데, 문장 중간에 마담 혹은 무슈를 넣어, "마담, 저의 각별한 감정을 받아주십시오"로도 쓸 수 있고, 혹은 "저의 각별한 존경의 마음을 받아주십시오Veuillez agréer l'expression de mes hommages" 같은 문장으로 변형하기도 한다. 19세기에 깃펜으로 썼을 법한, 약어가 난무하는 현대에는 도통 어울리지 않는 문장이지만, 종이 편지에서는 지금도 자주 쓰인다. 프랑스인들의 낭만과 고집, 취향을 느낄 수 있는 대목이다.

개인적으로는, "당신을 읽을 날을 기다리며, 저의 각별한 감정을 수락해 주시길 간청합니다Dans l'attente de vous lire, je vous prie d'agréer l'expression de mes sentiments distingués"라는 문장을 읽고는, 그 문장의 아름다움에 마음이 살짝 저려온 적이 있었다. "당신을 읽을 날"이라니, 나의 답장을 받을 날도 아니고, 나를 읽을 날을 기다린다니, 제인 오스틴 소설의 여주인공이라도 된 기분이었다. 이 문장만 따로 놓고 보면 그렇다는 얘기다. 안타깝지만 이런 편지의 발신인은 대체로 본인 이름도 밝히지 않는 관공서 직원이고, 그 문장이 나오기 전에는 세금 연체나 은행 잔고 부족, 혹은 보험료 인상 등 낭만은커녕 삶의 냉혹함만 느껴지는 소식이 등장하기 마련이니까.

프랑스인의 뜨거운 감성에 심쿵 했다가 그것이 형식에 불과함을 알고 참을 수 없는 배신감을 느낀 외국인으로, 밀란 쿤데라가 있다. 그는 소설 『불멸』에 이렇게 썼다.

프랑스는 감정이 형식으로만 남은 지치고 노쇠한 나라

다. 프랑스인들은 편지를 끝맺을 때 이렇게 쓴다. '친애하는 선생님, 부디 저의 각별한 감정을 받아주십시오'라고. 갈리마르 출판사의 비서로부터 그런 편지를 처음 받았을 때, 나는 아직 프라하에 살고 있었다. 나는 뛰어오를 듯 기뻤다. 파리에 나를 사랑하는 여자가 있었어! 공식 서한의 마지막 문장에 사랑 고백을 슬쩍 끼워 넣었군! 내게 사랑을 느낄 뿐 아니라, 그 마음이 각별한 것이라고 강조하고 있잖아! 그 어떤 체코 여자도 내게 이런 말을 해준 적은 없었어!

시간이 흘러 파리에 살게 됐을 때, 사람들로부터 이런 설명을 들었다. 프랑스의 서한 양식에는 예의를 지키기 위한 다양한 문구들이 있고, 프랑스인들은 그 문구를 이용해 편지의 수취인에게 별다른 감정을 느끼지 않으면서도 표현하고 싶은 감정을 정교하게 선택한다고. 이 광범위한 선택지에서 특히 '각별한 감정'이라는 표현은 거의 경멸에 가까운 가장 낮은 수준의 행정적 예절이라 할 수 있다고.•

• Milan Kundera, *L'immortalité*, Gallimard, 1990, pp. 266~267.

『불멸』을 프랑스 체류 초반에 읽었는데, 지금도 '쿤데라'라고 하면 이 부분이 제일 먼저 떠오른다. 어렴풋이 느꼈던 프랑스어의 특징이 이 글을 읽고서 구체적으로 이해되는 것 같았다.

체코에서 온 이 대작가는 형식으로만 남은 프랑스인의 마음에 실망했다는데, 한국에서 온 나는 그런 프랑스인의 온도도 따라가지 못하는 자신을 스무 해 넘게 애석해하는 중이다. 토론할 때는 상대의 기분 따위 아랑곳없이 논리로 밀고 나가는 프랑스 사람들이지만, 이들이 일상적으로 나누는 대화에서는 나로서는 따라잡기 힘든, 사랑과 다정이 몽글몽글 피어나기 때문이다.

유학 생활을 막 시작했을 때다. 한창 친해지던 중인 프랑스인 친구에게 어느 날 DVD인지, 책인지 기억나지 않는 무언가를 빌려주었는데, 그가 돌아서는 내 뒤에 대고 이렇게 말했다 "메르씨, 마 쁘티트 뿔Merci, ma petite poule." 뭐? 뿔poule이라고? 뿔은 암탉이라는 뜻 아니었던가? 왜 나를 암탉이라고 불렀지? 기분 나빠야 하는 건가? 고민하다가 프랑스인 여자 친구에게 물으니, 친구가 웃으면서 이렇게 설명했다. "아 네가 닭이라는 게 아니고, 애칭

같은 거야. 친근함의 표현이지." 이후 수많은 프랑스인을 보며 알게 됐다. 친한 사이일 때 이들은 호칭에서부터 꼭 티를 낸다는 것을. 연인 사이, 부모와 자식 사이, 친구가 서로를 부를 때 온전한 이름을 부르는 경우는 거의 없다는 사실을. 물론 한국의 친구들도 나를 '꽉꽉이', '미달이' 등의 온전치 않은 이름으로 불러대긴 했지만, 프랑스의 애칭은 그런 장난기 어린 차원이 아니다.

얼마나 뜨끈뜨끈한지 듣고만 있어도 부담스러울 지경이다. 내 심장mon cœur, 내 보물mon trésor부터 내 벼룩ma puce(내가 보호해야 할 아주 작은 존재라는 의미), 내 귀염둥이mon chou 같은 간질간질한 단어로 천연덕스럽게 서로를 부른다. 예를 들면, 나의 시어머니는 함께 산 지 50년이 다 되어가는 자신의 남편을 여전히 새끼 고양이minou라고 부르고, 아들은 벼룩이라고 부르는데, 이런 식이다. "내 새끼 고양이, 화장실 청소 좀 해", "내 벼룩, 왜 이렇게 얼굴이 안 좋니? 저녁에 뭐 먹고 싶어?"

친구들 사이에서는, 라파엘은 라프로, 조제는 조조로, 스테판은 스테프로 이름을 줄여 부르거나, 내 형제mon frère, 귀염둥이chouchou, 우리 이쁜이ma belle 같은 애칭을 붙인다.

　이미 호칭에서도 애정이 뚝뚝인데, 이들은 전화 통화에서도 문자에서도 메일에서도 끝에 "너에게 키스를 보내Je t'embrasse"라는 말을 잊지 않는다. 친구들도, 가족 간에도 마찬가지다. 앞서 본 편지의 맺음말 같은 그저 헤어짐의 '형식'이라고 할 수 있지만, 나는 친구들이, 시댁 가족들이 보내오는 키스를 받을 때마다, 지금도 1초 정도 말을 잃는다. 끓어오르는 그 다정함에 어떻게 화답해야 할지 모르겠어서. 이들이 흔히 대답하는 것처럼 "나도 키스를 보내"라는 말을 '별 뜻 없이'는 하지 못하는 나를 자각할 때마다, 그 세월에도 불구하고 나의 프랑스어는 나를 넘어서지 못하는구나 싶고 다정함은 피로 물려받는 재능인가 싶다.

　그냥 하는 무엇도 아름답게 치장해야 마음이 놓이는 사람들, 과도하고 그저 형식일지언정 사랑이 겉으로 드러나야 행복한 사람들의 언어가 프랑스어다. 그리하여 알면 알수록 까다로운 이 외국어를 나는 도저히 미워할 수가 없는 것이다.

요코가
미쳤다고요
?

리옹의 어학원에서 막 왕초보반을 벗어났을 때의 일이다. 수업 중에 folle이라는 단어가 나왔다. 프랑스어의 형용사는 주어의 성性에 따라 여성형/남성형으로 바뀌는데, folle은 형용사 fou의 여성형으로, 궤도를 벗어난 정신 상태를 표현하는, 그러니까 보통 미쳤다는 의미로 사용된다. 브리지트 선생님이 그 단어의 뜻을 설명하다가 이런 말을 했다. "폴, 꼼 요코(미친, 마치 요코처럼요 folle, comme Yoko)."

처음에는 잘못 들은 줄 알았다. 선생님이 그 말을 몇

번 반복하면서 누군가를 흉내 내는 걸 보고 내가 아는 요코임을 알았다. 요코가 미쳤다고? 요코는 프랑스에 도착하자마자 왕초보반에서 만났던 일본인이다. 함께 동물원에 간 일이 있지만, 나는 일본어를 못 하고 요코는 한국어를 못 하며, 우리는 둘 다 프랑스어를 거의 하지 못하는 이미 총체적 난국이었으므로 그의 정신 상태까지 진단하기는 어려웠다. 그런데 이 선생님은 어떻게 요코를 잘 아나? 우리 반에는 요코를 나보다 잘 아는 일본인 학생들이 있었으나, 모두 어색한 미소를 지을 뿐 별다른 반응이 없었다.

그렇게 지나갈 뻔했던 일은 결국 사건이 됐다. 그날 기숙사에 돌아와 친한 한국인 언니에게 그 이야기를 전했더니 언니가 분노하며 이렇게 말했기 때문이다. "그냥 넘어갈 일이 아닌데? 어떻게 선생님이 학생을, 게다가 그 자리에 있지도 않은 학생을 두고 미쳤다고 할 수 있어?" 들고 보니 맞는 말이요, 생각할수록 화가 났다(이 똑똑하고 경우 바른 언니는 훗날 〈새해전야〉, 〈당신, 거기 있어줄래요〉 등의 영화를 만든 감독이 된다).

며칠 후, 나는 어학원의 디렉터와 면담 약속을 잡고

마주 앉기에 이른다. 퇴직에 가까운 나이에 지역 대학 불문과 교수이기도 했던 그는, 그날 수업에서 있었던 일을 설명하는 내게 folle이라는 단어의 다양한 사용법을 설명했다. folle이 얼마나 다양한 맥락으로 사용되는 단어든 상관없이 나는, 전날 밤잠을 설쳐가며 사전을 뒤져 암기한 '관점_point de vue_'이라는 단어를 꺼냈다. 더듬더듬, 조심조심, 느릿느릿하게. "이건 선생님의 학생을 보는 관점의 문제라고 생각합니다"라고. 그 말에 잠시 침묵이 이어지던 것과 그가 나를 찬찬히 보다가 신중하게 입을 열었던 것을 기억한다.

"맞습니다. 당신의 말이 맞아요. 학생을 보는 관점의 문제지요." 몇 마디 말이 더 오갔고, 이후로 그의 태도가 눈에 띄게 살가워졌던 기억이 난다.

몇 달 후, 브리지트 선생님은 어학원을 그만두게 됐다. 그 일 때문만은 아니고, 여름방학에 단체로 어학연수를 온 미국 고등학생 중 한 명과 스캔들을 일으켜서 그렇게 됐다고 했다.

요코는 이 일이 아무에게도 알려지지 않기를 원했을까? 그 후로 오랫동안, 요코에게 미안한 마음이 있었다.

내가 가만히 있었다면 몰랐을 일을 나중에 전해 듣고 마음이 상하지 않았을까 싶어서. 디렉터에게 가기 전에 요코에게 먼저 얘기해 볼까, 하는 생각도 했지만, 나는 도저히 요코에게 수업 중에 생긴 그 일을 전할 자신이 없었다.

프랑스인과 프랑스어, 그리고 세상 물정을 더 알게 된 지금, 그 일을 돌아보면 이런 의문이 든다. 요코가 프랑스어로 자기 표현을 잘하는 고급반 학생이었대도, 선생님은 요코를 folle이라는 단어의 예로 사용했을까? 물론 요코의 정신 상태는 중요하지 않다. 굳이, 그 자리에 없는 왕초보반 학생을 화제 삼아 놀리고 싶어 했던 프랑스인의 악의만이 문제가 될 뿐이다. 그러므로 다시 그때로 돌아간대도, 모른 척 지나갈 수는 없을 것 같다. 그건 요코만의 일이 아니므로. folle이라는 형용사는 우리 중 그 누구에게도 붙여질 수 있었던, 프랑스어를 잘 못하는 우리 모두에 대한 묘사였으니까.

성인이 되어 외국어를 배우는 일이 어린 시절보다 힘든 이유는, 비단 감퇴한 기억력이나 감각 때문이 아닐지도 모른다. 그저 우리는 더 이상 아이가 아니기 때문이 아닐까. 아이가 아닌데 아이의 수준으로 자신을 표현할 수밖에 없는 처지, 몸만 어른인 아이로 무시당하거나 차별받는 상황이 성인으로서 외국어 배우기의 진짜 어려움이 아닌가 싶다. 특히 그 외국어로 당장 매일을 살아가야 하는 환경에 있다면, 외국어는 쉽게 자존감 도둑이 된다.

어학원에 항의했던 건 결론적으로 잘한 일로 기억되지만, 프랑스에 살면서 너무 자주 벌어지는 비슷한 일들에 매번 그때와 같이 대응하며 살아오지는 못했다. 이런 일을 가장 많이 목격하게 되는 곳은 파리의 외국인이 가장 많이 모이는 곳, 외국인에게 체류증을 발급하는 경시청이다. 유학생 신분을 벗어난 이후로는 갈 일이 없었는데, 이사로 체류증 주소지 변경을 신청하면서 '말 못 하는 외국인'의 울분을 다시 한번 떠올리게 됐다.

예약은 오후 4시로 잡혔다. 반차를 내고 넉넉히 한 시간 전에 갔지만, 줄이 길어 건물 밖에서 한 시간을 기다렸고, 마침내 보안 검색대를 지나 건물 안으로 들어갔더니 기다리는 사람들로 발 디딜 틈이 없었다. 모두가 약속을 잡고 온 사람들이었다. 그로부터 또 30분쯤 기다렸을까, 경시청 직원들이 갑자기 분주해지는 것을 느꼈다. 눈짓을 주고받고 소곤거리더니, 줄 서 있는 사람들의 서류를 점검하기 시작했다. 창구에서의 시간을 절약하기 위해 전 직원이 나서서 움직이는 듯했다. 직장 생활의 '짬'으로, 혹시 퇴근 시간이 다 되어가는데 대기자를 모두 처리할 수 없는 상황인가, 하는 합리적인 의심이 들었다.

문득 월요일이 노동절 휴일이었고, 다음 주 월요일도 국경일이라는 사실이 떠올랐다. 프랑스에서 국경일이 격주로 있다는 것은 그사이에는 일하는 사람이 많지 않다는 의미다. 그런 계산 없이 행정 예약이 줄줄이 잡혔을 거고, 업무는 밀리고 또 밀렸을 것이다. 그러나 누구도 시간 외 근무를 하고 싶지 않은 거겠지. 창구까지 내 앞에는 약 다섯 명의 사람이 서 있었고, 시계를 보니 5시가 넘었다. 불길한 예감에 초조해하고 있는데, 중간 관리자쯤 되어 보이는 여자가 나오더니 내 앞에 서 있는 학생 앞을 팔로 막으며 소리쳤다.

"오늘은 여기까지, 이 앞사람까지만 들어갈 수 있겠어요. 나머지 분들은 예약을 다시 잡아드릴 테니 2주 후에 오세요."

예상했다고 실망과 분노가 덜한 것은 아니다. 1월 인터넷 예약부터 이 자리에 오기까지, 몇 번씩 거리와 대기실에 서서 보내야 했던 기억이 빠르게 스쳐갔고, 또 한 번 금쪽같은 휴가를 내야 한다는 사실에 생각이 미쳤다. 이게 다 국적을 변경하는 것도 아닌, 주소지를 변경하기 위한 과정이라니.

가만, 나만 이런 건 아닐 텐데, 이 정도면 여기 있는 사람들이 다 같이 따져 물어야 하는 것 아닌가? 나는 그럴 준비가 되어 있는데, 주변은 조용했다. 내가 나서야 하나 싶은 찰나, 내 앞에 서 있던 동양인 여자가 손을 들었다. 들고 있는 체류증을 보니 학생인 것 같았다. "그럼, 다음 예약 확인서도… 주시는 건가요?" 담당자가 뭐 그런 걸 묻냐는 듯 신경질적으로 대답했다. "지금 이 자리에서 공식적인 예약 확인서는 줄 수 없지 않겠어요? 그건 컴퓨터로 하는 일인데 그럴 시간은 없으니까요" 하더니, A4 종이 한 장을 내민다. "자, 여기다가 이름과 원하는 예약 시간 적으세요. 그리고 그때 다시 오면 됩니다" 하면서. 몇 달 전부터 온라인 사이트에서 예약을 확인받고도 몇 시간을 기다리고 그냥 돌아가는 마당에, 본인 친필로 직접 쓰는 그 예약을 어떻게 믿으라는 말인가? 의심스러운 와중인데, 유학생이 열심히 고개를 끄덕였다. "네, 그렇죠, 알겠어요" 대답하고는, 백지에 자신의 이름을 적고 2주 후 약속을 '구두로' 공지받고 떠났다.

담당자가 뒤에 있던 내게 종이를 내밀었다. 정말 백지였다. 최대한 숨을 고르며, "이보세요, 지금 여기 오기까지 몇 시간을 기다렸는지 아세요? 사과가 먼저 아닙니까?" 하자, 담당자가 말했다. "미안하다고 했잖아요, 아까." "아니, 전후 상황을 설명해야죠" 하니, "사과는 이미 했고요" 하며 종이를 턱밑에 들이밀며 말했다. "예약 다시 안 잡을 거예요? 여기 뒤에 기다리는 사람들 안 보여요?" 뒤를 돌아보니 지친 표정의 많은 외국인들이 볼펜을 손에 쥐고 나만 쳐다보고 있었다.

경시청을 나와 관광객으로 뒤덮인 다리를 건너는데 그때가 떠올랐다. 매해 체류증을 갱신하는 게 한 해의 가장 큰일 중 하나였던 시절. 오전 11시 약속이어도 경시청이 문을 열기도 전부터 가서 줄을 서고, 서류가 빠짐없이 준비됐는지 불안해서 자다가도 몇 번씩 일어나 확인하던 그 시절이. 내 뒤에 서 있던 그 유학생들이라고 화가 나지 않았겠는가. 체류증을 받아야 공부를 마칠 수 있고, 의료보험과 사회보험 혜택을 받을 수 있으니 참았겠지. 경시청 직원과의 괜한 시비로 체류증을 받지 못하게 될까 두렵기도 했겠지.

언어가 서툰 상태로 외국에서 살다 보면 자연스럽게 몸에 배는 체념의 자세가 있다. 하루에도 수십 번씩 벌어지는 부당한 일, 불편한 상황 앞에서 할 말이 없는 게 아니지만 외국어로 온전히 표현할 수 없으니 약자의 본능으로 입을 다물고 마는 일상을, 그 경험이 쌓여 만들어지는 순응의 습관을 잘 알고 있다. 이민자들의 마음속에는 더운 불씨를 머금은 장작 몇 개가 잿더미에 덮여 있을 것이다. 억울한 일을 당해도, 부당한 상황에서도, 자신의 처지를 떠올리며 삼킨 무수한 말들이 꺼지지 못한 불씨로 남아 있을 테니까.

영화를 공부하던 시절 만들었던 단편영화에 그런 이야기를 담았다. 집에서 글을 쓰는 아시아인 남자와 경시청에서 일하는 프랑스인 여자 커플의 이야기였는데,

아파트 발코니에 비둘기가 살기 시작하면서 벌어지는 일이다. 비둘기의 오물로 발코니가 더러워지고, 온종일 멈추지 않는 구구 소리와 날갯짓에 스트레스를 받으면서 남자는 주변 이웃들을 찾아가 조언을 구한다. 비둘기는 알까지 낳으며 본격적으로 터를 잡고, 부부는 비둘기 쫓아내기에 편집증적으로 집착하다가 파국을 맞이한다는… 뭐 그런 한심한 내용이었다. 개인의 '삶'에 무심한 제도의 횡포와 그 앞에서 자기 안에 갇히는 이민자의 심리 같은 걸 담고 싶었는데, 그런 주제가 잘 드러나지는 않았고 (지금 돌아보건대) 영화학도의 욕심과 허영만 가득 담긴 다시 보고 싶지 않은 작품이 됐다. 그 영화는 유럽 내 몇 개의 작은 영화제에서 상영된 후, 누구에게도 흔적을 남기지 못하고 모두의 기억에서 사라졌다. 몇 년 후 뜻밖의 장소에서 뜻밖의 사람에게 뜬금없이 언급되기 전까지는.

파리 12구 구청, 나의 결혼식에서였다. 참고로 프랑스에는 예식장이 없다. 각자 주소지로 등록된 지역의 구청에서 진행하는 것이 의무고, 이후 원하면 개인적으로 따로 식을 올린다(보통 종교에 따라 성당 등에서 추가로 진행한다).

모든 구청에는 화려한 샹들리에와 레드 카펫 등이 갖춰진 식장이 있고, 구청장 혹은 그 대행이 나와 공식적인 혼인을 선언한다. 보통 20분이 넘지 않을 정도로 형식적이고 짧게 진행된다. 그 자리에서였다. 사회당 소속의 젊은 여성 정치인이었던 구청장 대행이 하객과 우리 두 사람을 앞에 놓고 이런 말을 했다.

"이 두 젊은이는 영화를 공부하고 만들고 있습니다. (…) 여기 곽미성 씨는 이민 생활에 대한 단편영화도 만들었지요. 저로서는 부디 영화와 같은 그런 상황은 겪지 않으시기를, 프랑스에서 행복하시기만을 바랄 뿐입니다. 두 분의 좋은 작품 기대하겠습니다."

그 말을 듣는 내내 심장이 세차게 뛰었다. 저 정치인이 내 영화를 찾아봤다고? 하루에도 이런 결혼식을 최소한 대여섯 번은 진행할 텐데, 이렇게 당사자 하나하나에 관심을 가지고 알아본다고? 영화는 어디에서 찾아본 걸까? 놀란 사람은 나뿐만이 아니었다. 그 자리에 있던, 프랑스어를 이해하는 친구들 모두가 결혼식이 끝난 후 내게 말했다. "구청장 대행은 어떻게 영화까지 찾아볼 생각을 했을까? 감동이더라. 그저 형식적인 이야기나 할 거라고 생각했는데….”

　그러니까 나는 이런 말을 하고 싶은 것이다. 분노든, 서러운 마음이든, 억울함이든 그 꺼지지 않는 감정의 불씨들을 안고서도 계속 이방인으로 살아갈 수 있었던 것은, 이런 사람들을 만났기 때문이라고. 이렇게 어떻게 사나, 이 땅에서 나는 이토록 아무것도 아닌데, 절망하게 만드는 사람들이 있었지만, 한편에서는 그렇게 쓰러진 마음을 끌어 일으키는 사람들이 있었다고.

언어가
애정사에 미치는
영향에 대하여

R과 나는 대학교 2학년 때 만났다. 어느 날 친구의 친구 무리에 끼어 함께 영화를 보게 됐고, 극장에서 나와 걷다가 우연히 둘만 남게 됐으며, 맥주나 한잔하자며 들어간 식당에서 밥까지 먹게 됐다. 알고 보니 그는 학교에서 보기 드문 문학적 소양과 글솜씨로 명성을 쌓아가는 중이었고, 마침 프랑스어로 시나리오 쓰기에 어려움을 겪고 있던 나의 부탁으로 우리는 함께 시나리오 작업을 했다.

훗날 R은 이렇게 말했다.

"옛날에 학교에서 너 말하는 거 볼 때마다, 얘는 프랑스어를 도대체 어디서 배웠나 생각했었어. 동네에서 막 배운 거 같은 프랑스어를 하는데, 자기 표현은 또 어떻게든 잘하는 게 얼마나 재밌던지." 그 말을 듣고 나서야 알았다. 내가 그렇게 보였겠구나. 왠지 모르게 씁쓸해지는 마음을 감추며 호탕하게 웃으며 말했다.

"당연하지, 나는 프랑스어를 학교 들어와서 너희들에게 배웠으니까. 그게 그렇게 쉬운 게 아니라고. 안 해봤으면 말을 마라."

농담처럼 넘겼지만, 나는 R이 그 시절의 나를, 어디서 배웠는지 모를 근본 없는 프랑스어를 왜인지 자신 있게 떠드는 동양인 여자애를 진심으로 신기해했을 것임을 안다. 나의 프랑스어가 엄청난 속도로 일취월장했던 시기는 학교에 입학한 다음이고, 내가 한 노력은 들리는 대로 따라 하는 것, 들은 그대로 말하는 것, 그들처럼 말하려고 애쓰는 것이었으니까.

당시 나는 이제 막 십 대를 벗어난 청년들과 온종일 함께 보내면서 들리는 거의 모든 말을 정확한 의미를 몰라도 우선 따라 했고, 그렇게 온갖 비속어와 약어가 난무하는 '그들의' 언어를 구사하게 됐다. 마치 우리나라에

온 지 몇 년 되지 않은 외국인이 "그 수업 졸려 죽는 줄", "킹받네" 같은 한국어를 하는 모습과 비교할 수 있을까. 이렇게 말하는 외국인을 본다면, 아이고 어쩌다… 하며 혀를 차겠지. 당시 학교 밖에서 만난 프랑스 사람들의 표정이 바로 그랬다(그때는 몰랐다. 왜 사람들이 "프랑스어 참 잘하시네요" 하면서도 알쏭달쏭한 미소를 짓는지). R은 학교 친구 중에서도 정확한 단어와 정제된 문장으로 말하는 편이었으니 더더욱 그랬을 것이다. 문장의 반토막은 잘라먹기 일쑤고, 입을 연 건지 만 건지 웅얼웅얼하는 스무 살 언저리 청년들 사이에서, 명료하고 논리적인 문장으로 '알아들을 만한' 프랑스어를 구사하는 그가 신기한 건 나도 마찬가지였다.

시간을 거슬러 그때를 생각해 본다. 우리가 결국 연인이 된 계기는 무엇이었던가. 들숨과 날숨만으로도 쉽게 뜨겁던, 스쳐가는 모두가 미래의 연인일 수 있던 그 시절에 우리는 어쩌다가 서로에게 집중하게 됐을까. 왜 그였고, 왜 나였던가. 선택에 대한 만족감과 관계없이, 한편으로는 당연한 일이었다는 결론에 이른다. 나의 불완전한 그리고 그의 흠잡을 데 없는 프랑스어 사이에는 다른 사람에게서는 듣기 힘들지만, 우리 각자에게는 중요한 의미였던 단어들이 떠다녔을 것이므로.

당시의 내가 '어떻게든' 표현하겠다는 일념으로 꺼내놓는 말 속에는 사회적, 정치적, 연대, 소수자와 같은, 영화 학교 학생들이 자주 쓰지 않던 단어들이 자주 반복되었을 가능성이 크고, 그의 정돈된 말 속에는 부르주아, 극우, 상속자들, 계층과 같은 단어가 자주 출몰했을 것이다. 다른 친구들과의 대화에서 의미 없이 흩어지고 말았던 각자의 단어는, 허공에서 섞이고 얽혀 무의식에 내려앉았을 것이며, 우리 각각은 어쩌면 오랫동안 기다려왔던, 선물 같은 답장을 받은 듯 느꼈을지 모른다.

그리고 그런 사람들이 있음을 알게 됐다. 누군가에 대해 이야기할 때, 그 사람의 인종이나 출신에 대해 언급하지 않는 사람들. "아시아인인데" 혹은 "아랍인인데", "아프리카 출신인데" 같은 말을 굳이 붙이지 않는 사람들. R이 그랬다. 그가 그런 말을 덧붙이지 않아 '당연히' 백인을 생각했는데, 나중에 알고 보니 아닌 경우가 여러 번 있었고, 그게 무척 인상적이었다. '그래, 아시아인이라고 아랍인이라고 흑인이라고 꼭 알려주어야 하는 건 아니지. 그게 누군가를 설명하는 가장 중요한 요소가 아닌데, 우리는 왜 그 부분을 그렇게 밝히고 싶어 하는 걸까' 생각해 보는 계기가 됐다. 지금도 나는 사람들의 말 속에서 이런 '언급'을 예민하게 듣는다. 그리고 의식적이든, 무의식적이면 더더욱, 이런 말을 하지 않는 이가 각별하게 느껴진다.

그렇게 조금씩 감정이 만들어진 것이 아닐까. 아 저기, 누군가가 있다. 저 사람에게 주목하라. 비슷한 영역대의 주파수를 가진 자일 수 있다. 무의식이 시키는 대로.

한편으로는 우리 관계에 언어가 미친 영향은 없었는지 의심한다. 혹시 우리는 불완전한 소통 때문에 (혹은 덕분에) 사랑에 빠졌던 게 아닐까. 만약 우리가 친구였던 시절, 내가 지금만큼 프랑스어를 했다면 우리는 친구로 남았을 수도 있다. 매번 만나면 시간 가는 줄 모르고 이야기를 이어가지만, 그 대화의 성격이 로맨틱 드라마라기보다는 토론 프로그램에 가까워서 아마도 우리는 서로를 대화가 잘 통하는 재미있는 친구 정도로 곁에 두었을 것 같다.

같은 맥락에서 나의 불완전한 프랑스어가 우리를 사랑에 빠지게 한 게 아닐까, 의심하는 이유가 또 있다. 함께하는 시간이 길어지면서, 나는 R이 사회적 구조와 불평등, 강자와 약자를 구분하는 본능적인 감각을 지녔고, 그의 세계는 오래전부터 이에 따라 구성됐음을 이해하게 됐다. 그가 어린 시절을 마르티니크Martinique라는 카리브해의 프랑스령 섬에서 보냈기 때문일 것이다. 그는 아버지의 직장 발령으로 만 한 살이 되던 해부터 일곱 살까지 그곳에서 살았고, 흑인들의 세계에서 몇 안 되는 백인으로, '소수자의 삶'을 경험한 적이 있다. 그렇게 이런 추측에 이르렀다. 학교에서 몇 안 되는 외국인이었던 나는 그의 눈에 여러모로 약자로 비쳤을 테고, 처음부터 그는 자기도 모르게 연민과 호감을 느꼈겠구나. 나 또한 그것을 감각하고 의식하는 그에게 무의식적인 호감을 느꼈던 건 아닐까.

우리는 내내 붙어 다녔다. 사랑에 빠진 모든 이가 그렇듯, 함께하고 싶은 일도, 하고 싶은 말도, 알려주고 싶은 것도, 듣고 싶은 것도 너무 많았다. 같은 영화를 보고, 비슷한 사람들을 만나고, 같은 책을 읽고, 같은 이슈에 대해 생각하고, 그 모든 일에 의견을 나눴다. 하지만 불완전한 소통에서 시작된 관계의 무게는 자연스럽게 한쪽으로 기울어져 갔다.

어느 날, "왜, 무슨 일이 있었는데?" 하고 묻는 그의 얼굴에 급격한 불안과 긴장이 번졌다. 외출하고 돌아와 "오늘 무슨 일이 있었는지 알아?" 하며 별스럽지 않은 일을 이야기하려던 참이었다. 그의 표정에 당황해서 "왜 그래, 무슨 일인지도 모르면서?" 하고 물으니 그가 말했다. "세상에는 별별 이상한 사람들이 많으니까. 네가 그렇게 말하면 나는 정말 불안하다고."

그렇게 알게 됐다. 내가 외출할 때마다 그의 머릿속에는 외국인인 내가 그의 나라에서 경험할 수 있는 온갖 부당하고 불쾌한 일들이 파노라마처럼 펼쳐지고 있음을.

그는 프랑스어가 필요한 일이라면 본인이 나서서 하려 했고, 나는 점점 그에게 내 일을 떠맡기며 의존했다. 우리 둘은 점점 보호자와 피보호자, 어른과 아이 같은 관계가 됐다. 나중에야 알았다. 우리 둘만 못 보고 있었다는 걸. 친구들(특히 프랑스 친구들)과 R의 가족들까지, 주변의 모두가 우리 관계에 대해 수군대고 있었다는 걸. "둘은 항상 붙어 있어", "갈라질 수 없는 inséparable 관계야".

최고의 외국어 공부법은 이성 친구를 사귀는 것이라는 말이 있다. 나는 그 말을 좋아하지 않고, 모두에게 통하는 진리라고도 생각하지 않지만, R과 함께한 시간으로 나의 프랑스어가 형식을 갖추고 섬세해진 것은 부정할 수 없다. 당시 R의 친구들에게 이런 말도 종종 들었다. "R이 프랑스어도 잘 알려주지?", "R이랑 얘기 많이 하니까 프랑스어는 잘 배우겠네. 그런 면에서는 너 진짜 운 좋은 거야."

운이 좋았던 걸까, 나의 무의식이 그런 사람을 찾았던 걸까. 정확하고 잘 정돈된 프랑스어를 구사하는 사람을 곁에 둔 것이 행운일지 모르지만, 내게는 그 행운을 다스릴 지혜와 힘이 없었다. 몇 번의 계기가 있었으나, 한 가지 일이 가장 기억에 남는다.

학교에서 알고 지내던 한국인 유학생 친구를 오랜만에 만난 자리였다. 친구에게 프랑스인 남자 친구가 생겼고, 그 커플과 함께 맥주를 마셨다. 비슷한 나이대의 우리는 금방 친해졌을 것이다. 기억나는 건 못 본 새 유창해진 친구의 프랑스어와 점점 무거워졌던 내 마음이다. 낯설었다. 친구는 한국어였다면 하지 않았을 말과 표정을 하고, 프랑스 사회의 이슈에 대해 평소답지 않게 단정 지어 자신의 생각을 말했다. 그사이 무슨 일이 있었는지는 오래 생각하지 않아도 알 수 있었다. 바로 옆에 친구와 똑같은 표현과 행동을 더 자연스럽게 하고 있는 사람이 앉아 있었으니까.

순간 가슴이 철렁했다. 내가 딱 저렇겠구나 싶어서. 사랑하면 닮는다고 하지만, 나를 잃는 것은 다른 문제다. R에게 모국어인 프랑스어에 나는 거의 백지 상태였다. 그의 입을 통해 알게 되는 새로운 단어와 표현들은 모두 그의 맥락에서 이해됐고, 그가 구사하는 프랑스어는 자연스럽게 '절대적', '보편적'인 것으로 여겨졌다. 그의 프랑스어를 '그의 것'으로 판단할 힘이 내게는 없었으므로.

언어는 말하는 이의 주관적인 감정과 생각과 세계관을 가득 담고서 내게로 온다. 누군가의 언어를 여과 없이 흡수해 내 것으로 만든 세월이 나를 다른 사람으로 만들 수도 있다. 나는 어떤 상황이 되면 정확한 뜻을 잘 몰라도 R이 자주 쓰던 단어를 따라 하며 감정을 표현하고 있었고, TV에 등장하는 정치인, 언론인에 대해 혹은 사회적 이슈에 대해 깊게 아는 바가 없어도 뚜렷한 의견을 가지고 있었다. 나는 나의 프랑스어가 아닌 그의 프랑스어를 말하고, 그의 프레임으로 세상을 보면서 착각했을 것이다. 우리는 생각도 참 비슷하다고.

깨달은 이상 그 상태를 지속할 마음은 없었다. 나는 내 머리로 생각하고 판단할 수 있으며 나의 언어로 이야기할 수 있는 사람이니까. 언어를 빼앗긴 채로, 누군가의 두 번째 입으로 살고 싶지는 않았다.

그즈음 R이 몇 주간 파리를 떠나게 됐다. 그리고 그가 돌아오면 같이 해야지, 상의하고 해야지, 하며 혼자서는 아무 일도 하지 못하는 나를 자각하게 됐다. 그와 함께하기 위해 쌓아놓은 일 중에는 경시청이나 보험 회사 혹은 교수에게 보낼 편지를 쓰는 '난도 높은' 일도 있었지만, 상점에서 환불을 요구해야 하는 등의 일상적인 일도 있었다. 혼자 못 할 이유가 전혀 없는 일들이었다. 자괴감과 수치심이 들끓었다. 프랑스어로 밤샘 토론도 할 수 있을 만큼 프랑스어 실력이 늘었는데, 혼자서는 왜 아무 일도 하려 하지 않는가. 이건 그냥 심리적 장애가 아닐까. 프랑스어도 전혀 모르고, 아는 사람도 한 명 없는 나라에 캐리어 하나 달랑 들고 지구 반 바퀴를 날아 온 열아홉의 나는 어디로 갔는가. 내가 왜 이렇게 됐지….

지금에 와서 드는 생각이지만, 그 시기에 내가 환멸을 느끼지 않았어도 이 관계는 언젠가 위기에 빠질 운명이었다. 우리 두 사람을 가깝게 만든 나의 불완전한 프랑스어가 꿈틀대고 있었으니까. 더 이상 누군가의 등 뒤에 숨어 존재하기 어려울 만큼, 내 프랑스어는 자아를 가지고 하루가 다르게 성장하는 중이었다.

그 시절의 어느 순간에 나는 돌연 '독립'을 결심했던가? 기억나지 않지만, 한동안 '의존하는 나'를 자각할 때마다 몸서리쳤던 기억은 난다. 자각하지 못할 때는 아무렇지도 않았는데, 한번 깨닫고 나니 지속할 수 없었다. 그 없이 프랑스에서의 모든 일을 혼자서 하겠다는 결심이었다. 그런 결심을 굳이 그에게 말하지는 않았다. 묵묵하게 내 일들을 하나씩 혼자 해나갔다. 그리고 어느 날, 억울하거나 부당한 일을 당해도 R을 떠올리지 않고 나의 판단으로 항의하거나 해결하게 됐을 때, 그를 만나도 호들갑스럽게 혹은 서럽게 그 일부터 이야기하지 않는 나를 자각했을 때, 나의 독립을 알았다.

나는 R이 자주 쓰는 단어들, 대강의 의미는 알지만 정확한 뜻은 모르던 단어들을 사전에서 찾아 확인하기 시작했다. 더 나다운, 더 내 마음과 닮은, 더 내 생각에 가까운 단어를 고민하고, 나만의 방식으로 표현하려고 노력했다. 어떤 이슈에 대해, 인물에 대해 그의 의견을 들으면, 반문하고, 확인하고, 이해하고, 내 생각을 전개했다. 나만의 세계를 만들고 독립하기 위한 일종의 투쟁이었다. 우리의 관계는 한쪽으로 기울었다가, 다른 쪽으로 기우는 과정을 거치면서 적절한 균형을 찾아갔다. 관계 속 나의 영토가 분리되고 확장되면서, 서로를 이해하는 과정도 다시 치열해졌다. 우리의 관계도 그때부터 성숙해졌다고 나는 믿고 있다. 각자가 자신의 독립적인 언어를 사용하는 어른의 관계. 나의 프랑스어도 그때부터가 시작이었다. 정말 내 것인, 나의 외국어는 그렇게 말해지기 시작했다. 마침내.

'외국어'를 기반으로 한 관계에 대한 의심은 그럼에도 사그라지지 않았다. 둘이 있을 때보다는 외부에서 우리 두 사람을 보는 시선을 느낄 때, 우리 관계가 보통의 부부와 다른가 하는 생각이 들 때 그렇다.

저녁에 열리는 모임이나 공식적인 자리에서 "남편분은 식사 어떻게 하세요?"라거나 "뭐라고 하고 나오셨어요?" 같은 질문을 들을 때, 한국이든 어디든 나 혼자 하는 여행 중에 "남편은 왜 안 오셨어요?" 혹은 "남편이 혼자 가라고 허락해요?"라는 말을 들을 때, 그럴 때마다 나는 우리가 좀 이상한가 되돌아본다. 우리 부부는 각자 저녁 약속이 있거나 여행을 떠나고 싶으면 상대에게 미리 알리기는 하지만 '허락'을 구한 적은 없다. 그저, "조심히 다녀와"라고 말할 뿐이다.

우리는 지나치게 멀어져 있는가. 우리는 결국 두 모국어 사이의 거리를 좁히지 못하고 평행하게 존재하는 건 아닐까. 모국어를 공유하는 사람과 결혼했다면, 나는 혹은 그는 다른 모양으로 살고 있을까. 보다 끈끈하고 구속적인 그런 결혼 생활을 했을까. 거기까지 생각이 이르면 그럴 수도 있겠지 싶다. 다만 다시 돌아간다 해도, 나는 몸에 피부처럼 감기는 빈틈없는 관계보다 자율성이 보장된 독립적인 관계를 선호했을 것이다. 그 생각을 하면 이런 결론에 이른다. 외국어 때문이든, 우리 두 사람 공통의 성정 때문이든 간에 무슨 상관인가 하는. 그게 내가 생각하는 이상적인 온도와 거리라면.

그렇다고 현재의 우리가 평화롭게 공존하는 것도 아니다. 우리는 주변에서도 다 아는 자주 다투는 커플이다. 사이좋게 이야기를 나누다가도, 어느 순간 한 명이 "그건 좀 아닌 것 같은데?" 하며 다른 의견을 꺼내면 논쟁이 시작된다. 며칠 전에는, 아이를 낳지 않기로 한 결정에 대해 잘한 것 같다는 이야기를 기분 좋게 나누다가, '아이가 있었다면'의 주제로 넘어가게 됐다.

아이가 있었다면 이사를 했을까? 급할 때는 누구한테 맡겨야 하지? 같은 질문에 머리를 맞대고 치열하게 고민하다가, 상상 속 아이가 어느새 학교에 갈 나이가 되면서 대화는 새로운 국면을 맞이했다. 아이의 부모가 서로 다른 교육관을 가지고 있었음을 알게 됐기 때문이다. 한 명은 동네의 공립학교에, 한 명은 다른 학교에 보내야 한다는 의견을 굽히지 않고, "그럼 그렇지. 내가 너 이렇게 생각할 줄 알았어" 하면서 평소 마음에 안 들어 하는 서로의 모습을 들춘다. 각자의 어린 시절 기억까지 등장하며 대화가 격해질 무렵, 한 명이 이렇게 말한다. "어쨌든 아이는 없으니까 그만 얘기하자."

어쩌면 문제는 언어가 아닐지도 모른다. 프랑스어가 모국어가 될 수는 없지만, 표정과 숨소리만으로도 무슨 말을 할지 뻔히 알 것 같은 지금에서야 깨닫는다. 언어 저 너머의 근원적인 무엇인가가 처음부터 달랐는지 모른다고. 서로를 끌어당기고 밀어내던 우리 사이의 '다름' 중에는 분명 모국어가 있었지만, 우리 관계에 미친 영향은 다른 것에 비하면 실은 아주 미미했을지도 모른다고. 그저 그것이 제일 눈에 띄게 드러났을 뿐.

각자,
할 수 있는 대로
말할 뿐

새로 이사 온 동네에서 괜찮은 고양이 전문 병원을 수소
문하는 중이었다. 이웃이 한 병원을 추천하며 이런 이야
기를 했다.

이웃   그 수의사가 고양이 치료를 전문으로 해서 아주 꼼꼼
       하게 봐주기는 하는데… 좀 과격한 면이 있어요. 알아
       두세요. 저 처음 갔을 때 기절할 뻔했잖아요.

나   네? 왜요?

이웃   아니, 우리 누나가 귓병이 있어서 그 병원에 하루 입원

해서 수술받았기든요. 수술 직후에 수의사한테서 전화

가 왔어요. 수술 과정을 설명하는데 누누 발을 절단했

다는 거예요.

나 네에? 발을 왜 절단해요?

이웃 그러니까요. 너무 놀라서 귀와 상관없는 발을 왜 절단

했냐고 물으니까, 안락사시키고 절단했으니 걱정하지

말라는 거예요. 우리 누누가 죽다니, 눈앞이 캄캄하고

기절할 것 같더라고요. 무슨 소리냐 그랬더니 조금 있

으면 깨어난다는 거예요. 그제야 상황이 파악됐어요.

이 수의사가 러시아 사람이거든요. 피케piquer라는 단

어가 동물 안락사도 의미하는 걸 모르는구나. 그냥 주

사를 놓았다는 사전적인 의미로 그 단어를 썼구나. 그

리고 발을 절단했다는 건, 알고 보니 발톱을 깎았다는

말이었어요. 절단한다는 뜻의 엉퓨테amputer를 발톱을

잘라냈다고 쓴 거죠.

이 이야기는 요즘 내 웃음 버튼이다. 함께 살던 고양

이가 발이 잘린 채 숨을 거두었다는 오보를 들은 사람의

비극과 고요히 잠든 고양이를 흡족하게 바라보며 소식을

전하는 다른 이의 태연함이 마치 한 컷의 만화처럼 떠오르기 때문이다.

나는 외국인의 프랑스어 실수담을 많이 알고 있다. 내가 저지른 실수는 괴롭지만, 남의 실수를 들으면 '외국인이니까 당연히 그럴 수 있지' 하며 웃게 된다. 대학에 들어간 지 얼마 안 됐을 때, 맨 앞에 앉은 내게 교수가 강의실 문을 닫고 오라고 시켰는데, 못 알아듣고 수십 명의 학생들이 지켜보는 가운데 불을 끄고 온 적이 있다. 그때 강의실에 감돌던 영원과 같은 정적은 지금도 트라우마처럼 남아 있다. 다른 이들의 비슷한 사례를 떠올리며 그런 상처를 위로받는 것이다.

유학생 시절 한국인 친구의 실수담도 그중 하나다. 어느 날 친구가 담당 교수에게 연하장을 썼다며 내용을 보여줬는데, 그 자리에 있던 프랑스인이 그걸 보고 진짜 이렇게 보냈냐며 몇 번을 되물었다. '쉭세시옹succession'이라는 단어 때문이었다. 얼핏 성공이라는 뜻의 단어 '쉭세succès'와 비슷해 보이는 그 단어는, 그와는 완전히 다른 '유산'을 의미했다. 친구는 교수의 '많은 성공beaucoup de succès'을 기원했다고 생각했지만, 실은 연초부터 교수에게

'거대한 유산beaucoup de succession' 상속을 기원했고, 그 사실을 알았을 때는 이미 연하장이 친구의 손을 떠난 후였다.

　한 외국인 친구의 일화도 잊지 못한다. 모여서 한참 축구 이야기 중이었는데, 친구가 "너희 국가대표 선수 다 사 온 거잖아. 아프리카에서"라고 했고, 그 말에 프랑스 친구들이 입을 다물지 못했다. "사람을 어떻게 사 온다고 말하나", "그 선수들 다 프랑스인이야" 한마디씩 하면서. 러시아인 수의사나 한국인 유학생 친구의 경우와 달리, 이 친구의 말은 꼭 언어적 실수가 아닐 수도 있다. 프랑스 국적을 가졌어도 유색인종은 '진짜' 프랑스인이 아니라고 생각하는 사람이 프랑스인 중에도 많으니까. 친구가 프랑스어에 능숙했다면, 물건을 구매할 때 쓰는 그 동사 acheter를 사용하지는 않았으리라.

　뼈 아프지만, 무엇이든 배우는 일에는 모자란 자신을 확인해 나가는 과정이 동반된다. 러시아인 수의사는 이제 동물에게 주사를 놓았다고 말하면서 마취라는 단어를 빼놓아 보호자를 기함시키지 않을 것이다. 나는 친구가 (본의 아니게) 실수를 공유해 준 덕분에, 누군가의 성공을 기원하려다가 부모의 사망을 기원하는 참사는 막을 수 있었다.

그럼에도, 실수하며 성장한다는 말로 희망만을 품기에 외국어 공부는 좀 가혹한 면이 있다. 외국어를 모국어 수준으로 구사하는 일은 영원히 일어나지 않을 것이고, 또한 그 언어가 모국어인 사람들 앞에서 외국인은 영원히 언어적 약자이기 때문이다. 나는 2012년에 태어난 시조카가 말을 배우고 학교에 다니기 시작하면서, 그 아이 앞에 서면 점점 작아지는 기분을 느끼고 있다. 함께 공원에 나가 호수의 오리에게 바게트를 뜯어 주던 시절 나는 아이의 어엿한 보호자였으나, 아이가 중학생이 된 지금은 말하다가 종종 문법도 틀리고, 엉뚱한 단어를 쓰기도 하는, 좀 모자란 숙모가 된 기분이다.

그럼에도 어쩌랴. 그냥 할 수 있는 대로 말하는 수밖에. 웃음거리가 된다 해도 실수에 초연해지는 것, 그보다 나은 배움의 자세를 나는 알지 못한다. 특히 외국어에 있어서는.

최근 몇 년 사이 프랑스에서는 프랑스어를 제대로 구

사하려고 노력하지 않는 이민자들 때문에 프랑스 문화의 정체성이 흔들린다고 비판하는 정치인들이 인기를 얻고 있다. 그 흐름으로 2018년부터 프랑스 영주권 취득을 위해서는 프랑스어 시험을 보게 됐다. 프랑스어가 변화를 거듭하는 건 막을 수 없는 일이라고 생각한다. 언어의 생물적인 속성 때문이다. 예를 들면, 우리 집의 프랑스어도 무척 오염된 상태다. 우리 집의 프랑스어는 한국어로 물들고 있는데, 같은 의미라면 한국어와 프랑스어 표현 중 더 와닿는 것을 선택해 말하는 사용자들 때문이다.

남편과 함께 살기 시작했을 때의 일이다. 자다가 다리에 쥐가 나서 소리를 지르며 일어났다. 그 통에 덩달아 잠에서 깬 남편에게 상황을 설명해야 하는데, 프랑스어로 어떻게 표현해야 하는지 도통 감이 잡히지 않았다. 알아듣든 못 알아듣든, 에라 모르겠다는 심정으로 종아리를 감싸 안으며 "다리에 쥐들이 있어!"라고 말할 수밖에. 그러자 남편이 웃음을 터트리며 말했다. "너희는 쥐라고 하는구나? 우리는 개미라고 하는데." 같은 상황에서 프랑스 사람들은 "내 다리에 개미들이 있어 J'ai des fourmis dans les jambes"라고 말한다고 했다. 이후 남편은 다리에 경련이 일면 쥐가 지나다닌다고 말하고, 나는 개미가 우글거린다고 말한다.

우리 집에서는 이렇게도 말한다. "로미 에 트로 뚱뚱(로미는 너무 뚱뚱해 Romi est trop 뚱뚱)." 어쨌거나 고양이는 존재 자체로 사랑스러운 생명이므로, 과체중 상태를 표현하기에 '그로gros'라는 (왠지 적나라한) 프랑스어보다는 한국어의 된소리가 훨씬 귀엽게 들린다고 두 인간이 의견을 모았기 때문이다. 혹은 이런 말도 한다. "쥬 쉬 심심(나 심심해 Je suis 심심)." 프랑스어 '상뉴예s'ennuyer'라는 표현보다 한국어 표현이 훨씬 심심한 상태로 느껴진다는 것이 우리 집 프랑스어 사용자들의 중론이다.

파리는 아름다운 도시고, 비행기는 지금 이 순간에도 쉼 없이 외국인을 실어 나르고 있다. 외국인들은 각자 할 수 있는 대로 자신의 프랑스어를 구사할 것이고, 프랑스어는 그렇게 각각의 방식으로, 각각의 소리로 거듭나게 될 것이다. 프랑스 문화의 정체성을 걱정하는 이들에게는 미안하지만, 당신들의 언어는 우리 외국인들의 사랑과 굴욕과 눈물을 가득 머금고, 계속 변화해 나갈 전망이다.

F의 한국어,
T의
프랑스어

한국의 기업에서 온 담당자와 프랑스 지방에 있는 공공 시설 총괄 디렉터와의 미팅을 통역하던 중이었다. 악수 후 자리에 앉으며 한국인 담당자가 내게 말했다. "우선, 바쁘신 일정에도 불구하고 이 미팅을 승낙해 주셔서 감사하다고 전해주세요." 이미 첫인사를 나누며 했던 말이지만 본론으로 들어가는 신호탄이라고 생각하고 다시 한 번 통역했다. 하지만 그 말이 본격적인 인사말의 시작이었을 줄이야.

"오는 길에 보니 도시가 굉장히 아름답더라고요. 초

대해 주신 덕분에 프랑스의 이런 아름다운 풍경도 만나게 됐습니다. 이 시설이 프랑스에서 인기가 많고, 이미지도 아주 좋다고 들었습니다. 이렇게 큰 규모의 시설을 운영하기가 쉽지 않으실 텐데 디렉터님의 역량이 (…) 무척 영광스럽습니다. 그리고 시설을 모두 돌아볼 수 있도록 배려해 주신 넓은 아량에 저희 팀 모두를 대표해 감사하다는 말씀을 꼭 드리고 싶습니다."

통역되는 그의 기나긴 인사말을 들으면서 처음엔 미소를 짓다가 힐끔힐끔 시계를 보던 프랑스인의 표정이 지금도 눈에 선하다. 내 마음도 그와 같았으니까. 나는 역량과 아량에 이어 영광스럽기까지 한 그 감사함을 오해 없이 프랑스어로 통역할 자신이 없었다. 듣기 좋은 말로 상대를 높여 순조롭게 미팅의 목적을 달성하려는 담당자의 의도는 십분 이해하는 바이나 프랑스에서 이 정도 감사 인사는 국가 훈장을 받는 자리 정도는 돼야 자연스러울 것 같았기 때문이다. 어느 순간부터 나는 간단히 정리해 통역할 수밖에 없었다. "초대해 주셔서, 시간 내 주셔서 메르시 앙코르 에 앙코르(다시 한번 감사하고 또 감사합니다)."

오랜 시간이 흐른 지금까지도 이날이 기억에 남은 이유는 그때 프랑스어에서 느껴졌던 강렬한 해방감 때문이다. 위계와 관습, 형식으로 빽빽하게 얽혀 있는 뉘앙스의 숲에서 빠져나와 프랑스어로 건너가는 순간, 내 몸을 칭칭 휘감고 있던 밧줄이 다 풀려나가는 듯한 기분을 느꼈다. 절대 내 것이 될 일 없는 이 '남의 언어'에서 해방감을 느끼는 상황을, 모국어는 한없이 무겁고 복잡하게, 완벽하지 않은 이 외국어는 깃털처럼 가볍게 느껴지는 이상한 상황을 어떻게 설명할 수 있을까.

요즘 유행하는 MBTI 검사를 해보면 이런 질문이 나온다. 토론할 때 논리적으로 이기는 것이 중요하다고 생각합니까? 아니면, 상대의 감정을 상하지 않게 하는 게 중요하다고 생각합니까? 나는 이 질문에서 그동안 느껴온 한국어와 프랑스어의 문화적 차이를 떠올렸다. 상대의 감정을 상하지 않도록 하는 게 더 중요한 문화와 논리적으로 의미를 전달하는 게 더 중요한 문화의 차이다.

대학에 다니고 영화를 만들며 10년 가까이 프랑스인들과 소통하며 살다가, 한국인들이 모인 조직에서 처음 직장 생활을 시작했을 때, 가장 힘들고 어려웠던 부분이 여기에 있었다. 한국어 사용 경험이 평생 친구와 가족들 혹은 학교에만 머물다 보니, 한국 직장에서 암묵적으로 요구되는 화법과 태도를 경험할 일이 없었다. 한국인 상사들이 나를 불편해한다는 사실을 어느 순간 알아채게 됐는데, 도무지 뭐가 문제인지는 알 수가 없었다. 누군가 나에 대해 "뭐 프랑스 사람이라고 생각하고 이해하세요"라고 말하는 것을 듣고, 짐작했을 뿐이다. 그들이 기대하는 어떤 이미지에 내가 부합하지 않는다는 사실을. 그것이 무엇인지 알게 됐을 때 끝내 납득할 수 없었던 부분은 무시했으나, 소통 방식만큼은 한국 직장인들의 화법을 관찰하며 비슷하게 맞추기 위해 노력했다.

하루는 업무를 함께 담당했던 이가 피드백을 주면서 메일로 이런 말을 보내왔다. "저도 잘 알지는 못하지만, 개인적인 의견을 드렸습니다. 보시고 수정이 어려운 건 패스해 주세요. 이번에도 많이 배웠습니다." 이렇게까지 할 필요가 있나 싶은 메시지였지만, 기분은 좋았다. 그런 식의 섬세함을 여러 번 느끼면서 깨달았다. 핵심은 상대의 기분에 있다는 것을. 더 정확히는 존중받는다고 생각할 수 있도록, 무시한다고 느끼지 않도록 최대한 에두르고 높이는 방식이 중요하다는 것을. 다만, 깨달은 후에도 이런 화법을 내 것으로 만들기는 힘들었다. 이게 다 업무의 일부이고 나는 그 안에서 내 생각을 말할 뿐인데, 상대의 기분까지 챙겨야 하다니. 나만의 원칙이 있어서라기보다는 그런 훈련이 되어 있지 않기 때문이라고 생각한다. 살갑지 않은 내 성격도 일조했겠지만. 혹시라도 상대의 감정을 거스를까 조심하는 한국식 화법은 나를 눈치보게 했고, 나는 그 안에서 점점 소심해졌다.

프랑스어에도 상대에 대한 존중과 예의를 드러내기 위한 형식은 많다. 이를테면, 남편은 지금도 내가 물을 떠다 주거나 옆에 있는 빵 조각을 건네주기만 해도, "메르씨(Merci 고마워)"라고 말한다(그 모습을 본 한국인들이 "무슨 부부 사이에 그렇게 인사를 해요?"라며 놀라워했다). 또한 내가 곤란해하거나 무안해할 것 같은 말은 절대 직접적으로 하지 않는다. 내가 집안일 당번인 날 설거지가 안 되어 있거나 집이 지저분하면, "오늘 피곤했나 봐? 무슨 일 있었어?"라고 묻지, "왜 청소 안 했어?"라고 묻지 않는 식이다. 영혼 없는 예의와 돌려 묻는 프랑스어 화법이 내게는 종종 위선적으로 느껴질 때도 있다.

다만 상대에 대한 존중과 조심스러움을 표현할 때, 프랑스어와 한국어 화법의 가장 큰 차이는 관계에서 자신을 놓는 위치에 있는 것 같다. 한국어는 자신을 낮추면서 상대를 치켜세워 기분 좋게 하지만, 프랑스어는 위치의 높낮이는 조정하지 않고, 대신 상대가 자신을 설명하도록 기회를 주는 식이다. 내가 처리한 어떤 업무에 대한 피드백을 주면서, 프랑스인 동료들은 절대 '나는 잘 모르지만'이라는 말로 자신을 낮추지 않는다. 그저 할 일을 하고, 메일의 마지막에 '친애하는' 혹은 '우정을 담아' 같은 예의를 잊지 않을 뿐이다. 그것을 보고 기분 나쁠 사람도, 기분 나쁠 것을 걱정하는 사람도 없다. 내가 느끼는 해방감은 이 부분이다. 예의는 지키되 감정의 영역까지 배려하지 않고, 고민하지 않아도 되는 프랑스어의 건조함.

한편, 감정보다는 논리를 앞세우는 프랑스어의 세계도 그대로 끌어안기 버거운 부분은 있다. 스무 해 넘게 살고 있지만, 나는 여전히 이들이 토론할 때, 특히 친구들 혹은 가족 간에 논쟁이 일어났을 때, 나와는 참 다른 사람들이라고 느낀다. 워낙 어떤 주제에 대해서든 각자의 입장이 있고, 그것을 말하기 좋아하는 사람들이다 보니, 가족 모임이나 친구 모임에서는 이야기가 끊이지 않는다. (내 주변 사람들 특징인지 몰라도) 특히 정치가 이슈다. 서로 정치적 성향이 다름을 알면서도 매번 그것을 화제 삼아 열띤 논쟁을 벌이는 것도 놀랍지만, 그 '다름'을 받아들이는 이성이 존경스러울 지경이다.

한번은 친구들이 모인 저녁 자리에서 이런 일이 있었다. 어쩌다 보니 모두가 한 명의 의견을 반박하는 상황이 됐다. 어찌나 다들 각자의 팩트를 들고 나와 한마디 한마디 보태는지, 내가 그 친구라면 기분이 상해 박차고 나가버릴 것 같았다. 조마조마하게 보고 있는데, 궁지에 몰린 친구가 말을 잇지 못하다가 갑자기 씩 웃었다. 그리고 이렇게 말했다.

"오늘 이 얘기를 할 줄 알았으면 내가 더 준비했을 텐데, 준비한 무기가 이것뿐이라 이쯤에서 물러날게. 그렇다고 설득이 된 건 아니니까, 다음에 준비되면 다시 얘기하자. 너희가 얼마나 잘못 생각하고 있는지 내가 그때 다시 알려줄 테니까"라고.

모두가 한바탕 웃은 후, 그날 저녁 분위기는 계속 유쾌하게 흘러갔다.

명절 가족 모임에서도 각자 다른 의견을 무섭도록 개진하는데, 그중 가장 감정적인 사람은 나일 것이다. 나는 별말 없이 지켜만 보는 쪽이지만, 나와 다른 정치적 성향의 누군가가 한 말을 두고두고 곱씹으며, '저런 생각을 하는 사람이었다니, 정떨어지네' 하며 속으로 꿍하게 간직하니까. '각자의 생각은 생각일 뿐', 그것을 감정의 영역으로 끌고 오지 않는 이들의 이성을 나는 따라가기가 힘들다.

화법은 사회를 드러낸다. 프랑스에서 초등학생 아이를 키우는 한 한국인 지인은, 아이의 한국어와 프랑스어 구사 방식을 보면서 두 언어의 차이를 크게 느낀다고 했다. 아이가 한국어로 말할 때는 목소리 톤도 높고 감정을 극적으로 발산하는 데 반해, 프랑스어로 말할 때는 목소리가 차분해지고 이성적인 표현을 많이 쓴다는 것이다. 유치원에 들어간 지 얼마 안 됐을 때, 아이가 프랑스어로

"나는 ~을 할 권리가 있어" 같은 말을 하기 시작해서 깜짝 놀랐다고 한다. 그 이야기를 듣고, 요즘 한국 드라마에 푹 빠져 있는 나의 시아버지가 떠올랐는데, 최근 이런 질문을 들었기 때문이다. "한국 드라마를 보면 사람들이 소리를 많이 지르더라. 실제로도 그러니?"

　　온탕과 냉탕 같은 이 두 세계의 다름은 드라마와 영화에서도 드러난다. 얼마 전 본 프랑스 영화●의 장면도 그랬다. 파리 바타클랑 콘서트장 테러에서 친누나를 잃고 조카와 살게 된 젊은 남자의 이야기였는데, 누나를 잃고 얼마 후 남자 주인공이 길에서 누나의 친구를 우연히 마주친다. 소식을 전혀 모르는 누나의 친구는 누나에게 안부를 전해달라고 하고, 남자는 아무 일 없는 듯 알겠다며 뒤돌아 걷는다. 하지만 몇 걸음 가지 못하고 결심한 듯 누나 친구에게 달려간다.

　　다시 한번 말로써 누나의 비극을 꺼내놓게 되는 슬픈 장면인데, 놀랍게도 카메라는 남자를 따라가지 않았다.

●　〈Amanda〉, Mikhaël Hers 감독, 2018.

카메라는 남자가 서 있었던 그 자리에 머무르며 저 멀리서 두 사람이 이야기를 나누고, 부둥켜안고 토닥이며 우는 것을 조용히 지켜본다. 한국 드라마였다면, 두 사람의 우는 모습이 클로즈업되고 음악이 흘러나왔을 것이다. 나는 울지 않을 수 없었을 것이고, 같이 보던 남편은 참지 못하고 말했겠지. "아, 너무 길어. 너어무 드라마틱하고, 과해 과해."

이토록 다른 두 언어를 건너다니며, 각각의 언어에서 달라지는 나를 자각한다. 한국어를 하는 나는 상대의 나이와 직급에 관계없이 조심스럽고 낮아지며 몇 겹의 친절 속으로 숨는 경향이 있다. 나 자신보다는 상대를 중심에 놓고, 상대방의 기분을 헤아리려 애쓰며 다양한 기술을 구사(하려고 노력)한다. "했습니까"는 "하셨을까요"로, "해주세요"는 "해주실 수 있을까요"로 바꾸고, 말을 시작하기 전에 "미안한데", "실례지만", "저도 잘 모르지만"을 붙이며, 가능한 한 상대를 높이고 칭찬할 말을 찾는다. 그렇게 해야 안심이 된다.

반면 프랑스어를 하는 나는, 조금 더 자유롭고 당당하

다. 일로 만난 상대가 프랑스인일 때, 나는 그가 한국인일 때보다 훨씬 명확하고 자신 있게 말하고 싶은 바를 있는 그대로 전달할 수 있다. 여유롭게 농담하며 상대의 기분을 걱정하지 않는다. 그보다 전체적인 분위기를 유쾌하게 만들려고 노력한다. 사적인 관계에 있을 때 내 한국어는 프랑스어보다 다정하고 따뜻하다. 프랑스어의 세계에 있는 나는, 긍정해야 한다는 강박 없이 의심하고 마음껏 냉소하며 논리로 대화를 이어간다.

아주 다른 두 개의 세계 속에 각각의 내가 있다. 그 언어들이 나를 만든 건지, 내가 그 언어에 맞는 자아를 매번 꺼내는 건지 모르겠다. 새로운 언어 속에서 해방감을 느끼고, 익숙한 모국어와 자기 자신을 '외부의' 시선으로 낯설게 보는 일, 외국어를 알아서 생기는 즐거움이다.

닿을 수 없음을
알면서도
애쓰는 마음

프랑스에 살기 시작하고, 몇 년 동안은 모국어를 방치하고 살았다. 할 수 있다면 깨끗이 지워버리고 새로운 언어로 채우고 싶었다. 프랑스어로 어느 정도 소통이 가능해졌을 때, 그러니까 어제 본 영화 이야기 정도는 부담 없이 할 수 있을 정도가 됐을 때부터는 모르는 프랑스어 단어와 표현이 생겨도 불한사전을 들추거나 한국어로 바꿔보지 않았다. 사전에서 제시하는 한국어 뜻과 내가 느끼는 프랑스어 단어의 뉘앙스 사이에서 괴리를 느꼈기 때문이다. 한국어로 의미를 알게 되더라도 맥락에 맞추어 유추하면서, 정확하게 의미를 깎아나가는 작업이 필요했다. 모르는 단어나 표현을 들으면, 구글에 프랑스어로 혹은 이미지로 찾아보거나(지금도 사용하는 방법인데, 가끔은 언어보다 이미지가 직관적인 설명을 담고 있다), 프랑스인에게 직접 묻는 방법을 택했다.

예를 들어 대화 속에서 등장한 'susceptible'이라는 단어의 의미를 모른다고 해보자. 불한사전에는 '자존심이 강한', '~할 가능성이 있는' 등의 의미로 나오는데, 프랑스인에게 단어의 뜻을 물으면, 그 단어가 쓰이는 상황을 예로 들어 설명할 것이다. 이를테면, "알렉시를 생각해봐. 농담으로 한 말에도 금방 화내고 삐지고 그러잖아. 그럴 때 '그는 susceptible 하다'고 말하는 거지"라고. 그렇게 구체화된 단어는 굳이 한국어로 번역해 보지 않아도 언젠가 그 의미를 표현하고 싶은 순간에 바로 입 밖에 나오게 된다.

'보프beauf'도 그렇게 명확해진 프랑스어 단어다. 프랑스 친구들이 이야기하는 것을 자주 들었는데, 불한사전에 '의붓형제', '속이 좁은 (사람)'으로 나와 있어 어떤 상황에서 쓰는지 잘 와닿지 않았다. 프랑스인에게 직접 물어보고 나서야, 보통 교양 없고 감수성이 둔한 사람을 지칭하는 의미로 쓰이지만, 계층적인 맥락이 스며들어 있음을 알게 됐다. 의붓형제나 처남, 시동생 등을 가리키는 '보프레르beau-frère'라는 단어가 그 기원인 것도. 우리나라의 시누이 이미지를 프랑스에서는 처남이나 시동생 등이 맡고 있구나 자연스럽게 유추하게 됐고, 이 단어는 그 순간 머릿속에 바로 자리 잡아 떠나가지 않았다.

참고로 프랑스에서는 자신의 '친'부모나 '친'형제가 아닌 모든 가족 관계에 아름답다는 의미의 형용사 벨(belle, 여성형)이나 보(beau, 남성형)를 붙여 쓴다. 장인어른은 보페르beau-père, 시누이는 벨쇠르belle-sœur가 되는 식이다. 의붓어머니나 의붓형제, 의붓자매도 마찬가지다. 대체로 아름답기가 힘든 관계라서 '아름다운'이라는 형용사를 부러 붙인다고 짐작했으나, 그보다는 형식적인 의미가 크다고 한다. 보다 예의를 갖추기 위해 '아름다운'을 붙이게 됐다는 것이다.

책이나 잡지, 신문을 읽다가 도저히 유추도 불가능한 단어가 나오면, 주변에 있는 아무나 붙잡고 물어보았다. 문장을 보여주면서 이 단어가 무슨 뜻이냐고 물으면, 사람들은 활짝 웃으며 마치 어린아이를 가르치듯 최선을 다해 설명해 주었고, 때로는 주변에 있던 다른 사람들도 하나둘씩 합심해서 설명을 이어나갔다.

그렇게 수년 동안, 마치 두 개의 자아를 가진 것처럼 모국어는 모국어의 세계에, 프랑스어는 프랑스어의 세계에 각각 두고 살았다. 어차피 모국어로 대화할 사람과 프랑스어로 대화할 사람은 명확히 구분되어 있었으므로, 나는 그 사이를 오가며 각각의 언어로 소통하면 그만이었다. 프랑스어 표현을 두고, '이 말을 한국어로 하면 뭘까?' 같은 고민은 전혀 하지 않았다는 뜻이다.

그러다가 문득 겁이 났다. 나의 모국어를 이해하지 못하는 사람과 오래도록 함께 살아보기로 결심하고 난 후였다. 나의 영혼은 본질적으로 모국어로 구성되어 있고, 나의 사고는 모국어의 범위를 벗어날 수 없는데, 그것을 원하는 순간에, 원하는 방식으로, 누구와도 나눌 수 없는 삶을 견딜 수 있을까. 이제 평생을 내 것이 아닌 언어로 살아갈 수도 있겠다고 생각하니 모국어가 간절해졌다.

다행히도 두 나라 사이에서는 많은 일들이 벌어지고

있었다. 그 '사이의' 일을 밥벌이로 하면서, 나는 본격적으로 두 언어 사이를 오가게 됐다. 프랑스어만이 중요한 세계에 속해 있다가 한국어도 진지한 '업무'가 된 상황에 쾌감도 있었으나, 회의를 느끼는 데는 얼마 걸리지 않았다. 양옆에 놓고 보는 프랑스어와 한국어의 세계는 너무 달랐고, 같은 느낌과 무게로 하나의 언어를 다른 언어로 옮기는 일은 노력과 별개로 불가능해 보였다. 명쾌한 정답이 없는 일이었다.

당장 앞서 예로 든 '보프'라는 프랑스어부터 한국어로 어떻게 옮겨야 할지 선뜻 떠오르지 않는다. 교양 없고 세련되지 못한 사람을 가리키는 이 단어는 취향이 곧 계급이 되는 프랑스의 사회적 맥락과 연결되어 있기 때문이다. 한국어의 '새침하다'라는 말을 프랑스어로는 어떻게 옮길지도, 프랑스어를 아는 많은 이들의 의견을 들어보고 싶다. 또한 나는 한국인이 "수고하셨다고 이 프랑스 분에게 좀 전해주세요"라고 부탁하면 난감하다. 내가 느끼는 '수고했다'는 말에는, 그 일을 위해 애쓴 사람의 노고를 알아주고, 위로하고, 감사하는 마음이 다 묻어 있는데, 그 모든 뜻을 내포하는 프랑스어 단어를 알지 못하기 때문이다. 그리하여 "Beau travail, merci bien(일이 참 잘됐어요. 감사합니다)" 정도로 말하고 돌아설 때마다 입맛이 쓰다. 이렇게 간단한 단어에도 복잡한 고민이 필요한데, 문화적 맥락을 알아야 이해가 가능한 프랑스어 표현이나 문장은 어떻겠는가.

두 언어 사이를 오가는 일은, 마치 손으로 모래를 옮기는 것과 같았다. 아무리 손을 꼭 쥐고 조심조심 움직여도 알갱이가 술술 빠져나간다. 지금은 한 언어를 다른 언어로 완벽히 '치환'하는 일은 불가능에 가깝다는 결론에 이르렀다. 번역 혹은 통역은 언어의 '치환'이 아닌, 두 언어 사이의 대화에 가깝다는 생각이다.

그렇게 생각하면 번역서는 누군가 미리 풀어놓은 시험 문제 같아서, 읽다 보면 자꾸 궁금해질 때가 있다. 번역가는 어떤 논리로 이렇게 풀었을까, 이 단어의 원어는 무엇이었을까, 어떤 프랑스어 표현이 이런 한국어가 된 걸까, 하는 궁금함이 꼬리를 문다. 번역이 훌륭한 책일수록 더욱 그렇다. 이 문장의 원문도 이렇게 아름다웠을까, 어떻게 이렇게 번역하셨을까. 그게 너무 궁금해서 한국어 책을 읽다가도 결국에는 프랑스어 원서를 펼치게 될 때가 있다. 원어 자체의 표현이 궁금하다기보다 그 번역이 나오기까지 번역가의 '문제 풀이 과정'이 궁금해서, 그것을 추측하는 재미로.

최근에는 윤진 번역가가 옮긴 『인간들의 가장 은밀한 기억』을 읽으며 감탄을 거듭하다가, 결국 프랑스어 원서를 사서 군데군데 비교하기에 이르렀다. 이를테면 이런 부분이다.

나는 감정의 코트 위에서 보이지 않는 상대와 테니스 경기를 치렀다. 내가 네트 너머로 "사랑해"를 보낸다. 내가 보낸 "사랑해"들은 네트 건너편 어둠 속으로 사라진다. 그 "사랑해"들이 다시 나에게 돌아올지 알지 못하고, 나는 그러한 의혹의 고통에서 어렴풋한 쾌감을 얻는다. 불확실성은 절망과 다르지 않은가. 태초의 혼돈에서 그랬듯이 아이다의 침묵에서 나오는 몇 마디 말로 생명의 빛이 솟아오를 수도 있지 않은가. 나에게 공은 얼마든지 있다. 나는 다시 서브를 넣는다. 경기가 마라톤만큼 길어진

다 해도 나는 치러낼 준비가 되어 있었다.●

Je pratiquais sur le court des sentiments une partie de tennis avec un partenaire invisible. J'envoyais mes 〈je t'aime〉 par-dessus le filet. Ils disparaissaient dans la nuit de l'autre bord ; J'ignorais s'ils me seraient renvoyés – et c'était précisément du supplice de ce doute que je tirais un obscur plaisir. Car incertitude ne signifiait pas désespoir ; et du silence d'Aïda, comme du chaos primitif, pouvait jaillir en quelques mots la lumière de la vie. J'avais assez de balles. Je resservais. J'étais prêt à un match marathon.●●

이 번역의 멋짐에 대해서는 단어 하나하나, 모든 문장을 다 짚어가면서 오래도록 이야기할 수 있지만, 프랑스

● 모하메드 음부가르 사르, 『인간들의 가장 은밀한 기억』, 윤진 옮김, 엘리, 2022, 105쪽.

●● Mohamed Mbougar Sarr, *La plus secrète mémoire des hommes*, Éditions Philippe Rey, 2021, p. 91.

어를 아는 이에게만 의미 있는 일이라 참기로 한다. 다만, 같은 문장이라도 얼마나 다르게 번역될 수 있는지 한눈에 알 수 있도록, AI 번역과 비교해 보았다. 프로그램에 넣었더니 눈 깜짝할 새에 다음과 같이 번역됐다.

나는 보이지 않는 파트너와 필링 코트에서 테니스 게임을 하고 있었다. 네트 너머로 〈사랑해〉를 보내고 있었다. 상대방이 저쪽에서 밤 속으로 사라질 테니 내게 돌아올지 알 수 없었고, 이 의심의 고통에서 묘한 쾌감을 얻었다. 불확실성은 절망을 의미하지 않았고, 원시적 혼돈에서처럼 아이다의 침묵 속에서 몇 마디 말 한마디로 생명의 빛이 터져 나올 수 있었기 때문이다. 총알은 충분했다. 나는 총알을 비축했다. 마라톤 경기에 출전할 준비가 되어 있었다.•••

책 전체를 조망하고 맥락을 아는 상태에서의 번역과 일부분 떼어놓은 번역의 완성도는 다를 수밖에 없음

••• DeepL 번역.

을 전제로 한다. 그럼에도 '나는 다시 서브를 넣는다'와 '나는 총알을 비축했다'는 같은 문장에서 나왔지만, 완전히 다른 의미다(AI가 '다시 서브를 넣었다'라는 의미의 단어 resservais를 다른 단어로 오인한 듯 보인다). 또한 AI는 '마라톤 경기에 출전할 준비가 되어 있었다'라고 직역한 문장을 번역가는 '경기가 마라톤만큼 길어진다 해도 나는 치러낼 준비가 되어 있었다'라고 번역했다. 나라면 어떻게 번역했을까 생각해 보면 번역가의 센스가 그저 감탄스러울 뿐이다.

책 전체가 다 그랬다. 한국어 번역본과 프랑스어 원서를 드문드문 비교하면서, 두 언어에 대한 번역가의 깊은 이해와 문장력에 감탄하는 한편, 그 마음과 노력을 헤아려보게 됐다. 하나의 언어, 하나의 온전한 세계를 그것과는 완전히 다른 언어를 사용해 최대한 '같은' 세계로 구축해 내는 일, 그 가능하지 않은 일을 가능하게 만들어보려는 마음, 불가능한 완벽을 애쓰는 마음을.

AI의 등장으로 번역가의 미래도 의문이라고 한다. 외국어 웹페이지의 링크 주소를 넣기만 해도, 수백 개의 문장을 드래그 해서 입력만 해도, 즉시 내가 원하는 언어로 바꾸어주는 시대다. 해외여행에서 외국어로 스트레스받지 않는 시대, 외국어 공부가 필수가 아닌 선택이 되는 시대도 곧 도래할 것이라고 한다. 직업 특성상 나 또한 관심이 많아서 모두가 '공포를 느꼈다'는 AI 번역 프로그램을 여러 차례 사용해 보았고, 처음 몇 번은 그 기술적 효율성과 기대를 뛰어넘는 정확성에 소름이 돋았다. 하지만 앞서 발췌한 부분에서 보았듯, 문장의 맥락을 이해하는 섬세함과 이해도 면에서는 특히 문학작품에서 큰 차이가 있었다. 물론, '아직'은 그렇다는 얘기고, 쓰임이 프랑스어보다 많은 영어의 경우 AI 번역 완성도가 더 높을 것이다.

역사가 과거와 현재의 대화라고 하듯이, 번역도 '두 언어 사이의 대화'라고 본다면, 번역서는 생물과 같은 운동성을 지녔다. 하나의 언어를 다른 언어로 바꾸어놓는 '기술'을 말한다면야 AI만 한 효율이 없겠지만, 끊임없이 변화하는 문화를 헤아리고, 맥락에 맞게 고민하고, 해석하면서 바꾸어나가는 일에는 효율로 따질 수 없는 깊은 통찰이 필요하다.

번역가이자 불문학자인 김화영 교수는 그의 책『김

화영의 번역수첩』에서 "한 언어와 다른 언어 사이에서나 동일한 언어 내에서나 '소통'은 언제나 일종의 '번역'이다"라고 썼다. 언어를 떠나 각자의 세계가 독립된 섬처럼 제각각이라서 우리는 모두 번역이 필요한 존재들인지도 모르겠다. 그렇게 생각하니 외국인과 평생을 살아가는 일에 느껴지던 쓸쓸함에는 위로가 될지 몰라도, 더 높은 막막함이 밀려온다.

　그러니까 더욱더, 인간에게는 그 마음이 전부라는 생각도 든다. 닿을 수 없음을 알면서도 최대한 서로에게 가까이 가려고 애쓰는 마음, 불가능함을 알면서도 이해하려 애쓰는 그 간절함이. 어떻게든 닿아보고자 이 글을 쓰고 있는 지금 내가 그렇듯이. 불확실성은 절망과는 다른 것이다.

영원한
결핍

로맹 가리는 『자기 앞의 생』, 『유럽의 교육』, 『새들은 페루에 가서 죽다』 등의 작품을 쓰고 공쿠르상까지 (두 번이나) 받은 대표적인 프랑스 소설가지만, 프랑스어는 그의 모국어가 아니다. 그가 생전에 진행한 인터뷰를 묶은 책 『내 삶의 의미』[•]에서 그는 "저는 살면서 네 번, 다른 문화에 적응해야 했습니다. 러시아 문화에서 폴란드 문화와 문학으로, 프랑스 문화로, 이후 미국에 10년을 살면서 영

[•] Romain Gary, *Le Sens de ma vie*, Gallimard, 2014, p. 17.

어로 소설도 썼지요"라고 말하며 드골 대통령과 나누었던 대화를 들려준다. "드골 대통령에게 내가 경험해야 했던 문화 바꾸기에 대해 카멜레온에 빗대어 이야기한 적이 있어요. 카멜레온을 빨간색 카펫 위에 놓으니 빨간색으로 변했고, 초록색 카펫 위에 놓으니 초록색으로 변했고, 노란색 위에 놓으니 노란색으로 변했으며, 파란색 위에 놓으니 파란색으로 변했는데, 여러 가지 색깔이 섞인 스코틀랜드 체크무늬 위에 놓으니 카멜레온이 미쳐버리고 말았다고. 그랬더니 드골 대통령이 한참을 웃다가 이렇게 말했지요. '당신의 경우에는 미쳐버리지 않았고, 프랑스 작가가 되었네요'라고요."

그는 이 이야기를 하면서, 그가 '프랑스어 작가'가 된 데는 어머니의 역할이 컸다고 말한다. 그의 어머니는 그의 자전소설 『새벽의 약속』에도 나오듯이 프랑스 문화를 동경했던 19세기의 러시아인이었고, 어떻게든 아들을 프랑스인으로 만들려는 엄청난 의지가 있었기 때문이다. 그 영향으로 그는 '미치지 않고', 프랑스어에 정착해 프랑스가 자랑스러워하는 작가가 됐다.

고작 한국어와 프랑스어를 할 뿐인 내가 감히 로맹 가

리의 5개 국어에 비할 바는 아니지만, 그가 카멜레온에 빗대어 말한 '문화 바꾸기'의 고충을 어렴풋이나마 알 것 같은 이유는, 두 언어를 오가면서 점점 크게 느껴지는 결핍의 감정이 영영 끝나지 않을 것 같아서다.

　외국 생활은 나를 결핍에 익숙한 사람으로 만들었다. 결핍을 의미하는 프랑스어 단어는 멍크manque인데, 프랑스어에서는 '그립다'는 감정을 이 단어로 표현한다. '당신이 그립다'는 의미로 쓰이는 프랑스어 문장, Tu me manques를 그대로 해석하면 '네가 나에게서 떼어져 나갔다, 결핍되어 있다'가 된다. 그러니 결핍이 익숙한 나는 프랑스식으로 하면 그리움이 익숙한 사람이기도 하다. 한국의 가족과 친구들, 파리에서 만났지만 한국으로 돌아간 사람들, 그들과의 대화를 통해 깨닫고 배우던 시간, 명절의 나른한 오후, 할머니의 음식들, 그리고 모국어. 아니, 모국어로 이루어지는 일상이 모두, 늘, 그립다. 외국에서 살아온 스무 해는 그리움의 감정이 얼마나 강렬할 수 있는지 깨닫는 과정이자, 숨 쉬는 일처럼 그것에 익숙해지는 과정이었다. 프랑스에서 살아보기로 결심할 때는 상상하지 못했던, 숙명처럼 안고 살아야 하는 고통.

그 스무 해 동안 깨달은 또 한 가지는, 그 결핍이 비단 모국어와 모국의 사람들에게만 느끼는 감정은 아니라는 점이다. 놀랍게도 프랑스어에 대해서도 결핍을 느낄 때가 자주 있다. 프랑스어 생활 환경을 떠나 있을 때, 한국에서나 제3국에서 (다시 프랑스로 돌아갈 것이 예정되어 있으므로 모국어만큼은 아니지만) 문득문득 강렬하게 프랑스어가 그립다. 나의 어떤 감정과 생각은 모국어가 아닌 프랑스어의 체계에서 세워졌고, 프랑스어가 아니면 정확히 표현됐다는 기분이 들지 않기 때문이다.

학부부터 모든 공부를 프랑스에서 해온 나는 기본적으로는 영화를 포함한 인문학적 용어들을 프랑스어로 더 익숙하게 이해하고 있다. 또한 성인이 된 이후부터 프랑스에서 줄곧 살고 있다 보니, 내가 당연하게 여기는 '상식'들도 프랑스 사회의 기준에 맞춰져 있는 것 같다. 사소하게는 사람이 많은 공간에서 서로 몸이든 물건이든 부딪히지 않도록 최대한 주의를 기울인다든지, 정치인, 연예인뿐 아니라 친구 간에도 '사'적인 영역에 대해서는 궁금해하지도 직접적으로 묻지 않는다든지, 나아가 누군가 그저 돈을 많이 벌었다고 해서 그것을 대단한 업적으로 평가하지 않는다든지 하는 것이 내겐 너무나 당연하다. 이런 기준에 어긋나는 일을 당하거나 어긋나는 말을 들으면, 그 순간 절실하게 프랑스어로 말하고 싶고 프랑스어가 그리워진다. 서울의, 북경의, 로마의, 뉴욕의, 마드리드의 한복판에서, 프랑스어로만 가능한 뉘앙스를 담아 "사 바 빠 라 떼뜨?(제정신이야? Ça va pas la tête?)" 같은 말을 내뱉고 싶은 순간들이다.

이탈리아어를 배우면서부터 가끔 혼자 해보는 놀이가 있다. 한 문장을 내가 아는 외국어로 다 바꾸어보고, 그중에서 내 상황에 가장 정확한 표현을 찾아내는 것이다. 그래 봐야 몇 개 안 되는 언어지만. 예를 들면, 그립다는 말은 영어로는 아이 미스 유I miss you, 프랑스어로는 뛰 므 멍크Tu me manques, 이탈리아어로는 미 망키Mi manchi가 된다. 영어 표현이 '내가' 놓치고 잃어버린miss 너를 말하는 능동적인 느낌이라면, 내가 아닌 '너'를 주어로 한 프랑스어나 이탈리아어는 어떤 것이 숭덩 빠져나가 사라져 버린 현재의 내 '상태'를 나타내는 느낌이다.

이 네 가지 문장들을 머릿속에 펼쳐놓고, 현재의 그리움과 결핍은 이 중 어떤 언어로 표현하는 게 좋은지 헤아려본다. 내게 절절한 느낌을 주는 것은 '네가 내게서 빠져나갔다'고 해석할 수 있는 프랑스어나 이탈리아어고, 그 중에서도 '너'라는 주어를 생략하지 않는 프랑스어가 더 절실하게 느껴진다. 애틋하고 서정적인 느낌은 '그리워'라는 한국어에서 느껴지고, 왠지 영어 I miss you는 절절함을 드러내지 않으면서 부담 없이 쓸 수 있을 것 같다.

이렇게 놓고 보면 이 모든 말이 과연 한국어의 '그립다'가 담아낼 수 있는 감정인가 싶다. 프랑스어와 한국어, 영어, 이탈리아어 구사자들이 말하는 '그립다' 사이에는 깊이와 무게, 범위에서 크고 작은 차이가 있을 것이다. 어쩌면 사람들은 각자의 모국어가 규정하는 만큼 그립다는 감정을 느끼며 살고 있는지도 모른다. 이탈리아인의 그리움이 미국인의 그리움보다 더 무겁고 아픈 마음일 수도 있겠다고 상상한다. 프랑스어 '뛰 므 멍크'가 한국어 '그립다'가 될 때, 애초의 절절한 상실감이 절반쯤 희석되는 기분인 것처럼.

언어를 사이에 둔 결핍은 삶의 곳곳에서 일어난다. 모

국어의 세계에 속하지 못한 결핍도 있고, 프랑스어의 세계를 잃어버렸을 때의 결핍도 있다. 모국어로 생각한 것을 프랑스어로 표현할 때에도 결핍은 생기고, 프랑스어로 생각한 것을 모국어로 이야기할 때도 결핍은 느껴진다. 앞의 두 가지가 '그리움'에 해당하는 결핍이라면, 뒤의 두 가지는 언어 사이를 자유롭게 넘나들지 못하는, 로맹 가리가 말한 카멜레온의 고통에 가까운 결핍일 것이다. 내가 프랑스어를 모국어만큼 자유롭게 하지 못하기 때문일 수도 있고, 두 언어의 핵심적인 차이를 파악하지 못했기 때문일 수도 있지만, 근본적인 이유는 언어가 결국 사고思考의 터널이기 때문이리라. 두 개의 언어를 말한다는 것은, 두 가지 방식으로 사고한다는 말도 되니까.

외국어를 생활 언어로 구사한다는 것은 그런 게 아닐까. 어떤 언어도 나를 완전히 담지 못하는 느낌을 견디며 사는 것. 프랑스어든 한국어든 깊이 들어가 표현하려 할수록, 그 언어가 다 담아내지 못하는 간극에 허기가 진다. 여러 언어로 갈라진 세계에서 그 사이의 간극을 채우기 위해 노력하는 일. 나를 구성한 이 언어들을 사랑하는 그 일이 운명처럼 주어진 결핍에서 나를 구원할지도 모르겠다.

프랑스어가
내 삶으로
들어왔다

II

우리 엄마가 어떤 사람이냐고?
나는 엄마가 동사 변형 틀리는 걸
한 번도 들은 적이 없어.
내가 만난 사람 중에 그런 사람은
엄마밖에 없었어.

프랑스인 남편의 말

Je pense
à
vous

나는
당신을
생각합니다

프랑스식, 아주 이성적인 위로
_____

그날 아침, 그가 내게 그 말을 했을 때, 그러니까 "나는 당
신을 생각합니다 Je pense à vous"라고 말했을 때, 그 순간에야
비로소 나는 이 문장의 정확한 의미를 깨달았다. 생각한
다는 것, 이 건조하고 이성적인 행위가 어떻게 마음을 뚫
고 들어와 뜨거운 위로가 되는지. 프랑스어를 주 언어로
두고 생활한 지 15년이 지나서야, 비로소 알 것 같았다.
세상에는 직접 경험해야 제대로 이해할 수 있는 것들이
이토록 많다.

그날 아침의 내가 어떤 상태였는지 잘 기억나지 않는

다. 겉으로는 무표정하게 컴퓨터를 켜고 부재중 쌓인 업무를 살펴보고 있었겠지만, 속으로는 아주 깊고 깊은 바다를 아무런 의지 없이 둥둥 떠다니고 있었을 것이다. 누구라도 붙들고 위로를 구하고 싶은 마음이었던 것도 같고, 세상만사 다 의미 없어 손가락 하나 움직이기 힘겨웠던 것도 같다. 나는 열흘 전에 아버지가 돌아가셨다는 연락을 받고 한국에 갔다가 막 파리로 돌아온 참이었다.

누구나 마음 깊이 밀봉해 놓은 상자 하나씩은 있다고 믿고 싶다. 떠올리는 것만으로도 정신이 휘청해서 꺼내지 않고 사는 사연 하나쯤 누구나 있다고, 나만 그런 건 아니라고. 내게는 아버지가 그런 존재였다. 학창 시절 새로 사귄 친구들은 어느 순간이 되면 조심스럽게 물었다. "너는 왜 아빠 이야기를 안 하니?"

주변 사람들이 정신적, 경제적으로 부모로부터 독립해 더 이상 부모가 일상의 주된 화제가 되지 않는 나이가 되면서 그 상자를 의식할 일이 줄어들었다. 그러다가 가끔씩, 핸드폰에 82로 시작되는 번호가 뜨면 가슴이 철렁했다. 당황스러움을 숨기고 "나는 잘 지내요" 같은 말만 애써 명랑하게 반복하다가 전화를 끊고 난 밤에는 새벽까지 잠을 설쳤다. 그가 전화를 걸기까지, 상상 속의 도시 파리에 사는 딸의 목소리를 들으려고 낯설고도 긴 전화번호를 하나하나 누르기까지, 얼마나 망설이고 주저했을지 생각하면서. 그러고 나면 상자는 더욱 깊숙한 곳에 넣어졌다. '언젠가는' 이 숙제를 어른스럽게 풀 수 있기를 바라면서. 그러나 지금도 나는 아버지 이야기를 할 수 없다.

해외 생활의 가장 한스러운 순간이 언제인지, 이로써 알게 됐다. 한국에 있는 가족, 친구들이 위독할 때, 혹은 마지막 인사를 나눠야 할 때, 곧바로 달려갈 수 없는 그 원통함을 어떻게들 다스리고 사는지 모르겠다. 아버지의 부고를 듣고서 곧바로 귀국할 수 없었다. 한국의 황금연휴였고, 당장 구할 수 있는 가장 빠른 귀국 편 비행기를 이틀 뒤에야 타고서 도착했을 때는, 재만 남은 후였다. 인천에서 그의 고향 남쪽으로 추위와 피로로 덜덜 떨면서 정신없이 이동하던 기억, 슬픔을 내보이고 싶지 않다는 이상한 오기로 아무렇지 않은 척 더 웃고 먼저 이야기하던 기억이 난다. 그러다 혼자가 되면 비로소 내면의 바다에 잠길 수 있었다. 열흘 후 돌아오는 비행기에서 니코스 카잔차키스의 『그리스인 조르바』를 읽었다. 인천에서 파리까지 오는 열두 시간 내내, 머리 위 조명등을 켜고서.

"우리의 인생이 얼마나 신비로운 것인가. 바람에 날리는 나뭇잎처럼 만났다가는 헤어지면서도 우리의 눈은 하릴없이 사랑하던 사람의 얼굴 모습, 몸매와 몸짓을 기억하려고 하니……. 부질없어라, 몇 년만 흘러도 그 눈이 검었던지 푸르렀던지 기억도 하지 못하는 것을."• 같은 문장에 힘껏 줄을 치면서. 왜 그 책이었는지는 모르겠다. 동생이 쓰던 책장에 꽂혀 있던 것을 무심코 집어 왔던 것 같기도 하고, 내 상태에 가장 적합한 책임을 본능적으로 느끼고 서점에서 골라 왔던 것도 같다. 가끔 내가 책을 고르는 것이 아니라, 운명처럼 그 책이 내게 온 것 같을 때가 있다.

밤 비행기로 파리에 도착하고 난 다음 날 아침이었다. 동료들의 위로에 나는 미소 지으며 괜찮다고 했을 것이고, 배려에 감사하다고도 말했을 것이다. 그리고 아무렇

• 니코스 카잔차키스, 『그리스인 조르바』, 이윤기 옮김, 열린책들, 2009, 427쪽.

지 않은 표정으로 자리에 앉아 공허한 눈으로 컴퓨터 모니터를 바라보고 있었을 것이다. 그때 누군가 노크를 하고 들어왔다. 덴마크 문화원장이었다.

당시 내가 일하던 사무실은 덴마크 정부 소유의 건물에 세 들어 있었고, 같은 층에 덴마크 문화원이 있었다. 문화원 사람들과 수년째 화장실과 엘리베이터를 공유하며 매일같이 마주치다 보니, 가끔 복도에 서서 잡담도 나누고 농담도 주고받는 사이가 됐다. 나는 특히 문화원장과 이야기할 일이 많았는데, 건물 관리에 책임이 있는 그가 우리 사무실에 할 말이 있을 때마다 나를 찾았기 때문이다. 그러다가 어느 날은, 주말에 한국 영화 한 편을 보았다며 공동경비구역을 사이에 두고 대치하는 군인들이 밤마다 몰래 만나는 이야기를 한참 하기도 했고, 회사 돌아가는 사정을 이야기하며 서로의 '대나무숲'이 되기도 했다. 그러나 그뿐이었다. 2미터에 가까운 키에 창백한 피부의 덴마크인, 60대로 들어서는 남자의 세계는 막 서른이 된, 사회생활을 시작한 지 얼마 되지 않은 나의 세계와 너무 달랐고, 우리는 그 이상으로 거리를 좁힐 일도, 그럴 생각도 없었다. 그가 그날 사무실 문을 열고 들어왔을 때, 한동안 심연에 부유하고 있던 뇌가 퍼뜩 깨어난 것은 그 때문일 것이다.

그가 성큼성큼 나에게 다가와 가만히 내 눈을 바라보았다. 아, 사람의 눈동자는 얼마나 많은 감정을 담고 있는가. 몇 초가 지나자 눈물이 차올랐다. 그가 말했다.

"미성, 아버지가 돌아가셔서 한국에 다녀왔다는 이야기를 들었습니다. 나의 어머니도 몇 해 전에 돌아가셨지요. 소식을 듣고 그때 생각이 났어요."

그의 두 눈과 그 옆의 주름 하나하나가 모두 슬픔과 연민을 담고 있는 것 같았다.

"상심이 크겠지만, 이 말을 하려고 왔습니다. 내가 당신을 생각합니다."

그리고 한 번 더 힘주어 말했다.

"잊지 마세요. 내가 당신을 생각합니다."

프랑스어로 "내가 당신을 생각합니다Je pense à vous" 혹은 "우리는 당신을 생각합니다Nous pensons à vous"는 주로 어려운 일을 당한 누군가를 위로하는 말로 사용된다. "삼가

고인의 명복을 빕니다"와 비슷한 의미로 쓰이기도 한다. 나는 이 말을 국가적인 사고로 사망한 이들의 유족을 위로하기 위한 대통령 연설이나 공적인 자리에서 자주 들어 왔는데, 매번 그 말의 정확한 의미가 와닿지 않았다. 내가 당신을 생각한다니, 그게 무슨 말인가. 위로의 대상이 아닌 행위의 주체만 강조하는 생색내기가 아닌가 하면서.

주 뺑스 아 부. 그 순간, 한 음절 한 음절 힘을 준 나지막한 목소리를 들으며 비로소 이해하게 됐다. 당신을 생각한다는 말의 의미를.

당신을 생각하겠다는 말은 당신의 상황을 헤아리고, 당신의 고통과 상처를 내 것처럼 여기겠다는 의지의 표현이었다. 그것은 내 시간이 당신과 함께한다는 의미고, 나의 마음이 당신 곁에 머물고 있으니 당신은 혼자가 아니라는 의미이며, 그러니 필요하다면 언제라도 나를 생각하라는 뜻도 된다. 또 그 말은, 당신의 아픔을 나도 함께 느끼겠다는 의미였고, 그러니 당신의 비극은 나의 비극이기도 하다는 뜻이었다.

나는 그의 어머니가 어떻게 세상을 떠났는지 모르고,

그도 내가 아버지를 어떻게 떠나보냈는지 모른다. 다만 한 가지, 그와 나는 모두 누군가의 자식이므로 아는 것이다. 부모의 죽음이 우리 앞에 남겨놓는 무거운 숙제를. 남은 생 내내 끌어안고 살아가야 하는, 영원히 풀지 못할 그 고통스러운 숙제를. 그는 그것을 생각했을 것이다.

세상에는 직접 통과해 보지 않고는 헤아리기 힘든 마음들이 있음을 나는 경험으로 알게 됐다. 이후 누군가 부모를, 형제를, 가족을 떠나보냈다는 소식을 들을 때마다 그 덴마크인을 생각한다. 그를 생각하고, 그 두 눈에 담겨 있던 고통과 연민과 이해와 연대를 생각하고, 간절하게 이런 문장을 써 보낸다.

어떤 말로도 위로가 되지 않음을 잘 알고 있으나, 부디 나의 마음이 함께하고 있음을 기억해 주세요. 주 뺑스아 부, 내가 당신을 생각합니다.

Comment   어떻게
allez-vous   지 내 십 니 까
?   ?

누군가에게는 간절한 안부 인사

저녁을 먹고 나와 우리는 조금 걷기로 했다. 선선한 바람
이 좋은 가을밤이었고, 초록색 플라타너스 잎이 울창한
이 길을, 오래전 함께 걸었던 기억이 나서.

— 옛날 생각나네. 우리 이 동네 자주 왔었잖아. 언니 박사 논
    문 막바지에 이 동네 살아서 여기서 자주 모였지.
— 집은 이쪽이 아니고, 철로 따라서 훨씬 더 내려가야지.
— 아 그런가? 이 동네에 올 일이 없으니 이제 어디였나 가물
    가물하네.

사실이 아니다. 나는 언니가 살던 그 고층 아파트를 잊은 적이 없다. 지금도 6호선을 타고 고가 철로를 따라 그 앞을 지날 때마다, 고개를 빼고 그 집 창문을 바라본다. 아니, 기억하는 것은 그 순간이다. "미성아, 나 요즘 저 창밖으로 뛰어내리고 싶을 때가 있다"라는 말을 들었던 순간. 찰나에 고개를 돌려 바라본 창밖으로 앙상한 겨울 나무가 세찬 바람에 흔들리고 있었던 것도.

당시에는 친한 친구들 모두가 힘들었다. 유학 생활의 끝에 있었고, 논문 발표의 중압감과 앞으로의 삶에 대한 불안으로. 무엇보다 생활고가 제일 컸다. 세계적인 경제 위기라고 했고, 환율이 두 배까지 치솟았다. 모두가 아르바이트 자리를 찾아다니다가 대부분 버티지 못하고 귀국했다. 매일 밤 전화기를 붙들고 눈물짓던, 내 인생에서도 가장 혹독했던 시기. 오랜 시간이 지난 후 돌아보니, 그 시기를 지나기 전의 나는 지금과는 다른 사람이었다.

— 생각난다. 나는 그 집 좋았는데, 언니는 그 집에서 되게 힘들었지.

— 나 그때, 진짜… 우울증 약까지 먹었잖아. 너무 돈이 없어

서 빨리 끝내고 들어가야 했는데, 지도 교수 때문에 논문 발표도 늦어지고 결국 불법체류자 됐던 거 기억나?

— 유학 마지막 해에 체류증 만료된 사람들은 많았으니까.

아, 체류증. 매해 담당 교수에게 편지를 받아, 경시청 앞에서 꼭두새벽부터 줄을 서서 한나절을 기다리고 나서야 서류라도 제출할 수 있었던, 그렇게 매해 연장했던 학생 체류증. 받기까지의 과정이 고통스럽고 오래 걸리는 탓에 체류 마지막 해에는 신청조차 하지 않는 유학생들이 많았다. 당시의 언니도 그런 상황이었다. 체류증은 만료됐으나 곧 논문을 발표하고 귀국하면 아무 문제가 없는. 그래서 우리는 언니의 '불법체류' 상태를 대수롭지 않게 생각했었을 것이다.

— 체류증 만료가 그렇게 간단하게 볼 문제가 아니라는 걸 내가 그때 알았잖아. 그때 나 턱에 피부병 났던 거 알지. 계속 긁다가 이렇게 부어올랐던 거.

언니가 턱 밑을 가리키며 과장되게 원을 그었다.

— 그래, 기억나지. 그것 땜에 밖에도 못 나가고 그랬잖아.

— 병원에 가서 치료해야 하는 수준이었는데, 체류증이 없으니까 무서워서 병원에 못 간 거야. 혹시나 문제가 될까 봐. 게다가 그때가 연말이었거든. 크리스마스 지나고 12월 마지막 주.

크리스마스부터 새해까지는 프랑스의 최대 명절이다. 모두가 가족 모임을 위해 본가로 떠나고, 거리에는 각각의 이유로 가족을 만날 수 없는 사람들만 남아 있는 시기.

— 병원에서는 체류증 같은 건 신경도 안 썼을 텐데, 그때는 큰일 나는 줄 알았겠지. 그래서 어떻게 했어?

— 인터넷으로 방법을 찾다가 우연히 어떤 프랑스인 의사가 신문에 쓴 칼럼을 보게 된 거야. 제목부터가 딱 내 얘기였어. 의료보험이 없는 불법체류자도 의료 혜택은 받아야 한다는 내용이었거든. 내가 그걸 읽고 그 의사를 수소문해서 메일을 썼잖아. 내 증상을 설명하고, 꼭 진료를 받고 싶다고 부탁했지. 나로서는 달리 방법이 없으니까 정말 지푸라기라도 잡는 심정으로 그냥 메일이라도 보내본 거거든. 그

런데 있잖아. 답장이 바로 왔어. 다음 날 파리에 있는 자기 진료실로 오라고. 놀랍지? 크리스마스 연휴였는데. 엄청 긴장한 채로 찾아갔지. 친절한 사람이었어. 진료도 꼼꼼하게 잘 봐줬고, 약 처방도 해주고.

신문을 보고 메일을 보낸 것도 대단하고, 불법체류자의 권리까지 생각하는 사람도 감동이라고 흥분하는 내게 언니는 그게 끝이 아니라며 말을 이어갔다.

— 그런데 정말 놀라운 건 그다음이었어. 병원에 다녀온 다음 날, 의사한테 전화가 온 거야. 치료받은 부분은 좀 어떠냐고, 약은 발랐냐고. 딱 그 이야기만 간단하게 하고 끊었어. 그런데 그 후로도 며칠 동안, 문자가 오는 거야. 괜찮냐고, 좀 나아졌냐고. 매일 메시지를 보내왔어. 안부 메시지를. 생각해 봐. 프랑스 사람들 다 가족들이랑 지내고 정신없는 때잖아. 너도 파리에 없었고. 그 사람도 휴가 기간이었을 텐데 말이야. 참, 그런 의사도 있더라. 무엇보다 내가 그때 상태가 안 좋았으니까, 이 도시에 나를 걱정하는 누군가가 있다는 게, 그게 그렇게 위로가 되더라고. 그 며칠 동안 유

일하게 내 안부를 물어봐 준 사람이었거든.

자신이 치료한 환자의 상태를 저렇게까지 신경 쓰는 책임감 강한 의사가 있었다니. 나를 15년 넘게 진료해 온 내 주치의(프랑스에서는 모든 사람이 자신의 주치의를 정해 의료보험공단에 등록해야 한다)도 내게 '괜찮냐'는 안부 전화 한 번 한 적이 없는데 놀랍군, 생각하다가 다른 생각이 스쳤다. 그게 아니었을 것이다. 그 의사는 환자의 부어오른 턱보다는 불법체류자의 처지를 생각했겠지. 온 나라가 들떠 있는 연말연시, 모두가 가족과 친구를 만나 온기를 나누고 발산하는 그때, 혼자 우두커니 앉아 창밖으로 구경만 하고 있을 이방인의 마음을 떠올렸을 것이다. 그러니 하루에 한 번씩 문자를 보냈던 게 아닐까.

어떻게 지내고 있느냐고. 마치 망망대해에 난파되어 홀로 떠 있는 배를 향해, 밤하늘 한가운데 쏘아 올리는 불꽃처럼. 여기 너의 존재를 알고 있는 사람이 있다고, 너는 혼자가 아니라고, 알려주고 싶었던 게 아닐까.

꼬망 딸레부Comment allez-vous, 영어로는 How are you.

영어로 Hi와 How are you가 세트처럼 함께 사용되듯이, 봉주르와 함께 붙어서 사용되는 말. 서로 잘 알거나 모르거나 상관없이 프랑스에서 제일 먼저 해야 하는 가장 기본적인 인사이며, 가족을 만나도, 친구들을 만나도, 거래처 바이어를 만나도 본론으로 들어가기 전에 꼭 건네는 안부 인사다. 그리고 "잘 지내시죠?"라는 인사에 "아니요, 잘 못 지냅니다"라는 대답은 아무리 진실이어도 오답으로 느껴지듯이, "하우 알 유?"에는 "파인 땡큐 앤 쥬"가 실과 바늘처럼 따라오듯이, 프랑스에서도 누군가 내게 "꼬망 딸레부?"라고 물으면, 나는 기계처럼 반사적으로 "잘 지냅니다. 당신은요?Très bien, et vous?"라고 대답한다. 대답의 진실성은 중요하지 않으니까.

그 형식적인 안부 인사가 오랫동안 여운처럼 남았다. 살면서 당연하게 여겼던 것들은 얼마나 쉽게, 어느 날 갑자기 당연하지 않은 것이 되는가. 전도유망했던 한 청년이 몇 년 후에는 병원도 마음 편히 갈 수 없는 처지가 됐던 것처럼, 하루아침에 창밖을 불안하게 바라보며 우울증 약을 먹는 사람이 된 것처럼, 삶은 생각보다 쉽게 부서지고 흔들린다. 어떤 작은 우연과 예기치 못한 만남, 불운한 사고, 국제적 경제 위기 한 번으로도, 공고한 줄 알았던 사회적 안전망은 더 이상 내 것이 아니게 된다. 그 안전망의 편협함과 허술함을 통감하며 그로부터 이탈하는 데 걸리는 시간은 생각보다 짧고, 당연한 줄 알고 살았던 것들은 어느 순간 간절히 손을 뻗어도 닿을 수 없을 만큼 멀어져 있다. 형식이 되어버린 그 당연한 안부 인사조차 누군가에게는 절실한 구원이 되는 것처럼.

꼬망 딸레부, 어떻게 지내십니까?

C'est pas mal !
나쁘지 않네 !

프랑스어의 까칠함

- 주의: 이 글에는 성급한 일반화의 오류가 있음

뉴욕에서 출발한 여객기를 타고 파리에 도착한 참이었다. 기내 방송으로 무사히 착륙했다는 안내와 함께 이런 인사가 들려왔다. "잇츠 빈 언 아압쏠루트 플레저 해빙 유(함께할 수 있어서 정말 즐거웠습니다)." '압쏠루트'를 어찌나 강조해서 발음하는지 웃음이 나는 찰나, 옆자리의 남편이 고개를 절레절레 흔들며 중얼거렸다. "으휴 미국인들 호들갑이란…."

뉴욕에 있는 내내, "판타스틱!", "어메이징!", "뷰티풀!" 같은 감탄사가 들려올 때마다 빈정거리던 프랑스인이었다. 그 뒤로 같은 내용의 프랑스어 인사가 차분하게 흘러나왔다. "누 쏨 하비 드 부 자부아흐 쉬흐 노트흐 볼 Nous sommes ravis de vous avoir sur notre vol." 귓가에 속삭이듯 잔잔한 소리였다. 오래전의 나였다면, 프랑스어의 우아함을 예찬했을 것이다. 하지만 나는 이 언어의 이면 또한 잘 알고 있다. 소리만 들으면 우아할지 몰라도, 알면 알수록 프랑스식 화법은 성질 고약한 고양이에 가깝다는 것을. 본인이 기분 좋을 때는 지그시 눈을 감고 한없이 부드럽고 사랑스럽게 그릉그릉 소리를 내지만, 조금만 거슬리면 손톱을 휘둘러 가차 없이 할퀴어버리는 고양이. 그것도 아주 우아한 동작으로.

영어의 세계를 잘 안다고 할 수 없지만, 한국어를 모국어로 하는 사람으로서 듣기에 영어와 프랑스어는 참 다르다. 우선 기내 방송의 인사말에서도 느껴지듯이, 영미권 사람들은 긍정적인 감정일수록 적극적으로 표현하는 것 같은데(프랑스에 오래 살다가 미국에 가면, 단체로 무슨 좋은 일이라도 있었나 싶다), 프랑스인은 그 반대에 가깝다. 기쁜 일이라 해도 그것을 최대로 (혹은 그대로라도) 내보이는 일은 경박스럽다는 듯 표현을 아낀다. 세계적으로 인정받은 어느 셰프의 식당이라고 해보자. 영미권이라면 맛도 플레이팅도 훌륭한 요리 앞에서 "딜리셔스!", "뷰티풀!" "지니어스!" 같은 감탄사가 여기저기서 마구 들려올 것이다. 하지만 그곳이 프랑스라면, 전체적으로 소곤소곤하는 가운데 종종 이런 말이 들려올 것이다.

"흠… 쎄빠말!C'est pas mal!" 영어로 번역하면 "낫 베드Not bad", 그러니까 "나쁘지 않네!"다. 프랑스인들이 가장 일상적으로 사용하는 칭찬의 표현이다(칭찬 맞다). 프랑스어에도 '멋진magnifique', '더할 나위 없는formidable'과 같은 다양한 긍정의 감탄사가 있지만, 이들이 정말 진심일 때(라고 생각한다), 그러니까 자신도 모르게 칭찬이 나올 때는, 쎄빠말이라는 표현을 쓴다. "(뭐, 기대는 안 했는데) 쫌 하네" 같은 느낌이랄까.

그렇다고 프랑스 사람들이 표현에 인색하고 무뚝뚝한가 하면 또 전혀 그렇지 않다. 이들은 다른 일에 무척 부지런하다. 바로 무언가를 비판하는 일(=투덜거리기)이다. 그 일에 들이는 노력이 어찌나 성실하고 집요한지, 듣는 사람이 그 에너지에 지칠 정도다. 비행기에서의 일화로도 알 수 있지만 나의 동거인이 그렇다. 예를 들면, 일 년 중 내가 가장 설레는 순간인, 다음 여행지를 고를 때면 대체로 이런 대화가 오간다.

나   이번 여름에 상트페테르부르크에 가볼까? 그렇게 아름답다던데. 여름에 덥지도 않고.

동거인   뭐? 러시아에 가자고? 푸틴의 영토에서는 숨도 쉬고 싶지 않아.

나   톨스토이의 나라이기도 하다고. 그럼 평생 러시아는 안 가겠다고?

동거인   적어도 그가 영향력을 끼치는 동안에는.

나   그럼 캐나다는 어때? 거기는 가을에 가야 멋있을 것 같긴 한데. 지난번에 누가 사진 올려놓은 걸 봤는데 단풍이 예술이야

동거인   캐나다? 오 농! 생각만 해도 지루한데. 아무 일도 일어나지 않는 나라잖아. 자연경관이라면 차라리 아이슬란드에 가는 게 낫지.

나   그럼 주말에 짧게 베를린은 어때? 몇 년 전에 출장 갔

을 때 보니까, 도시가 엄청 젊고 힙하던데. 한번 다시 가고 싶었어.

동거인 베를린? 독일인들과 주말을 보내자고? 왜 돈을 내고 그런 우울한 일을 해야 하지?

결국 인내심의 한계에 이른 내가 어금니를 깨물며 "작작 해라, 작작. 그럼, 뭐 이탈리아는 베를루스코니가 좋아서 가냐? 됐고, 자꾸 이러면 혼자 정하는 수가 있어" 하면 그제야 "그래, 그러니까 왜 물어보고 그래" 하고 끝나는 식이다. 그러고는 막상 (내가 정한) 여행지에 가면 그 누구보다 열정적으로 도시를 걸어 다니며 박물관에 가고 맛집을 수색한다. 얼굴에 즐거운 기색이 역력하지만, 또 이런 식의 대화가 이어진다.

나 햇빛 너무 좋다. 지난주에 추웠는데 날씨 딱 맞춰서 왔네.

동거인 날씨가 좋다고? 지금이 10월인데 이 날씨가 말이 된다고 생각해?

나 왜? 비도 안 오고 좋은데?

동거인 참 나, 사람들이 이렇다니까. 이게 다 온난화 때문인
       데. 투표는 녹색당에 하면서 여름 길어지는 건 또 좋아
       하지. 이건 통곡할 일이라고!

나   평소에 재활용 분리 배출이나 철저히 해. 됐고, 여기
       구시가지에 가면 집시들이 직접 만든 액세서리를 파
       는 동네가 있다니까 가보자.

동거인 (빈정거리며) 왜? 파리에 사는 집시들이 만든 건 마음에
       안 드나 봐?

   도대체가 한번을 흔쾌하게 "와 너무 좋지"하고 말하
는 법이 없다.
   다행인지 불행인지, 이 도시에는 남편처럼 까칠한 사
람들이 아주 많다. 파리가 불친절한 도시로 악명이 높은
이유는 이런 프랑스인 특유의 태도와 화법 때문일 것이
다. 나 또한 당한 경험이 많은데, 프랑스 문화를 잘 몰랐
을 때는 마음의 상처를 받았다. 파리 한복판에서 방향을
잃어서 신문 가판대 상인에게 길을 물었는데, 상인이 신
경질적으로 "봉주르?"하면서 나를 빤히 바라보기만 한
적도 있었고(질문하기 전에 인사부터 하라는 의미다), 카페에

들어가서 서버가 자리를 정해주기 전에 내 마음대로 안쪽으로 진입하려다 잠깐 기다리라는 신경질적인 제지를 당한 적도 여러 번이다.

까칠한 프랑스인과 산 세월이 길어지다 보니, 나도 그들과 비슷해졌는지 지금은 그런 반응을 경험할 일이 거의 없지만, 프랑스 문화에 익숙지 않은 관광객들은 자주 이들의 불평 대상이 된다. 몇 해 전, 파리의 한 식당에서 목격한 일이 잊히지 않는다. 좋아하는 프랑스 식당이었는데, 식사 중 테이블 뒤편에서 누군가 프랑스어로 투덜거리는 소리가 들렸다.

"아니, 이 요리들을 다 섞어서 먹는다는 게 말이 됩니까. 프랑스는 테이블 문화 자체가 그렇지 않다고요. 어딜 가든 자기들 식대로 먹겠다고 고집하는 이 사람들 정말 짜증 나네." 고개를 힘껏 돌려 바라보았더니, 서버가 프랑스어를 못하는 중국인 가족을 옆에 두고 다른 손님들 들으라는 듯 혼자 분통을 터뜨리고 있었다. 중국인 손님들이 전식-본식으로 이어지는 코스 요리를 한꺼번에 내달라고 한 후, 가운데에 놓고 다 같이 나눠 먹으려고 한 것 같았다. 프랑스어를 못 알아듣는 사람들을 옆에 두고 그들을 욕하던 서버의 치졸한 행동을 여전히 잊을 수 없다. 그가 분통을 터트리는 이유를 이해 못 하는 바는 아니나 다시는 그 식당에 가지 않았다.

비슷한 경험을 한 외국인들이 많아지면서, '투덜이'는 프랑스인의 대표적인 이미지 중 하나가 됐다. 특히 영미권 사람들이 이에 깊은 인상을 받고 있는 모양이다. 구글에 검색하면, 파리의 영미권 특파원들이 '프랑스인은 도대체 왜 불평하는가'를 주제로 분석해 놓은 기사를 쉽게 찾을 수 있다. 그동안 나라 밖 외국인들이 어떻게 보든 말든 콧방귀도 안 뀌던 프랑스인들도 팬데믹 이후 관광업의 중요성을 인식했는지 조금씩 바뀌고 있는 듯하다. 최근 들어 '우리는 정말 투덜이인가요? 우리는 도대체 왜 그럴까요?' 같은 기사들이 눈에 띄는 걸 보면. 국내외 언론들은 이에 대해 여러 가지 답을 내놓았다. 파리 날씨가 안 좋기 때문이라거나, 사시사철 관광객으로 북적대고 물가가 높으며 교통 체증이 심해서, 그러니까 대체적으로 살기가 팍팍해서라는.

내게 가장 흥미로운 설명은 따로 있었다. 데카르트의

영향이라는 설이다. "나는 생각한다, 고로 나는 존재한다 *Je pense, donc je suis*"의 그 데카르트, 이 세상 무엇도 불확실하지만 단 한 가지, '나는 생각한다'는 사실만은 부정할 수 없으며, 그러므로 의심하고 사유하며 증명해야 한다고 주장한 근대 철학자, 맞다. 잦은 투덜거림에 대한 핑계로는 과하게 거창해 보이지만 사실 간단한 논리다. 프랑스인들이 스스로를 '카르테지앙*cartésien*' 즉, 데카르트주의자로 여기고 있기 때문이라는 것이다(실제로 내가 만난 프랑스인들은 모두, 특히 종교 이야기가 나올 때마다 "나는 카르테지앙이야"라고 말했다).• 그런 이들이 모인 만큼 체계적, 이성적으로 문제를 제기하고 비판해야 하며 무언가에 환호할 땐 매우 신중해야 하는 사회가 되었다는 설명이다. 다시 말

• 참고로 프랑스의 철학자 로제폴 드루아*Roger-Pol Droit*는 일간지 「르몽드」에 기고한 '데카르트는 어떻게 프랑스가 되었나'라는 제목의 칼럼에서, 이는 사실이 아님을 주장한 바 있다. 프랑스인들은 체계적이고, 이성적이며, 감정이나 낭만에 치우치지 않고, 명료한 언어를 사용하는 '데카르트주의자' 이미지 때문에 자신들이 칭송받거나 미움받는다고 생각하지만, 사실 프랑스의 정신과 데카르트 철학은 뚜렷한 관련이 없다고. 그저, 프랑스 사람들은 스스로 '카르테지앙'이라는 이미지를 부여하고 싶어 했고, 그것이 중요한 기준으로 작용해 온 것이라고.

해 프랑스는 투덜대야 명석하고 흥미로운 존재로 인정받는 곳, 투덜대야 있어 보이는 나라인 것이다.

    몇 해 전, 엄마와 방콕 여행 중, 여행 책자에 장황하게 설명된 한 장소에 가게 됐다. 비슷한 여행 책을 보고 왔을, 전 세계 관광객들에 떠밀리면서 땀에 젖은 채 한참을 걸어 도착한 그곳에는, 그다지 놀랍지 않은 풍경이 펼쳐져 있었다. 실망스러웠지만 그래도 여행 분위기를 깨고 싶지 않아서, 애써 "오, 좋네"라는 감탄사를 쥐어짜는데 어딘가에서 익숙한 언어가 들려왔다.

    누군가 프랑스어로 "뚜 싸 푸흐 싸?Tout ça pour ça?"라고 소리쳤다. 직역하자면 "이게 다 이걸 위해서라고?"가 될 텐데, 이 상황에서는 "고작 이거 보려고 그 개고생을 한 거야?" 정도로 해석할 수 있다. 말투에 내 마음과 같은 허탈함과 짜증이 역력하게 느껴졌다. 반사적으로 고개를 돌리니, 어느 프랑스 가족이 뛰어왔는지 헐떡대고 있었다. 순간, 속이 시원해지면서 나도 모르게 웃음이 터져 나왔다. 아, 이 자리에 우리 집 프랑스인이 있었다면 고개를 끄덕이며 "뭐 이런 데를 그렇게 와보라고 소개했나 몰라" 하며 같이 투덜댔겠지. 그러다 기분이 좋아져서 노천에 앉아 맥주나 마셨을 것이다. 훅 하고 불어오는 뜨거운 모래바람 속에서 프랑스어의 투덜거림이 간절히 그리워졌다.

모두가 "원더풀"을 외칠 때, "나쁘지는 않네" 혹은 "이게 다라고?"를 말하는 사람들. 까칠함도 매력인가, 한 번 빠지면 약도 없다 정말.

Ne vous
inquiétez pas,
c'est par goût

걱정 마세요,
취향이니까

계급이 된 취향에서 해방되기

파리 생활 초반, 한국인 유학생 몇 명이 모인 자리였다. 사람들이 이런 대화를 주고받고 있었다.

"제 구에는 별로였어요."

"우리가 구가 비슷하니까 저도 별로일 수 있겠네요."

"그 작가와는 구가 안 맞는 것 같아요."

구? 구가 뭐지? 공을 얘기하나? 공이 안 맞는다고? 추측으로는 답이 안 나와 용기를 내 물었다. "저… 구가 무슨 뜻이에요?" 그러자 누군가 "아, 프랑스어예요. 르 구. 취향이라는 뜻"이라고 말해줬다. 그제야 생각이 났다. Le goût! 맛이라는 뜻만 있는 줄 알았는데, 그 단어를 이렇게 쓰는구나.

'구'라는 프랑스어 단어를 한국어 문장에 잘도 넣어 쓰던 그 시절(지금은 민망해서 못 한다)에는, 취향이 마치 종교 같았다. 주변에 미술, 영화 등 예술계 전공자들이 많았기 때문인지, 다들 파리에 온 지 얼마 되지 않아서 그랬는지 모르겠다. 거리에 놓인 벤치 색깔과 가로등의 모양, 가게에 채소와 과일이 진열된 모습, 식당 의자의 소재, 테이블에 놓인 물병 하나까지, 눈에 보이는 모든 것이 각자의 취향을 드러내는 도구가 됐다. "이게 다른 소재였다면 이 느낌이 안 났을 텐데", "아닌데, 벨벳이었으면 더 잘 어울렸을 거 같은데", "저 가구와 저 조명이 최선일까?", "아 이 조합은 완벽한 것 같아", "아니, 나는 그건 아닌 것 같은데." 무엇을 봐도, 무엇을 듣고 읽어도, 또 무엇을 먹어도, 모두가 그것에 대한 호불호를 이야기했고 서로의 취향을 판단했다.

나로 말할 것 같으면, 그 무리에 불시착한 외계인이었다. 내가 그때까지 나 자신의 '시각적' 취향에 대해서 진지하게 생각해 본 직이 있었던가. 우리 가족들 사이에서 두고두고 회자되는 고등학교 시절의 나에 대한 일화가 있다. 어느 여름날 오후, 시내버스 안에서 남동생이 나를 목격했는데(같은 집에 살았던 거 맞다), 내가 학교에서 신던 삼선 실내화를 신고 있었던 모양이다. 수정액으로 몇 학년 몇 반 곽미성이라고 쓴 실내화를 신고 버스에 버젓이 앉아 있는 모습을, 패션에 예민한 남동생이 우연히 보고 경악해, 옆의 친구가 "저기 너희 누나 아니냐?" 묻는데도 모르는 척했다는 사연이다. 정작 나는 기억나지 않지만, 당시 일요일마다 버스를 타고 대형 서점에 가서 시간을 보냈고, 신발은 신발장에 나와 있는 것 중 되는대로 아무거나 신고 나갔을 것이므로, 충분히 가능한 이야기다.

그런 내가, 이 컬러와 저 컬러, 이 소재와 저 소재의 조합을 세상 심각한 표정으로 고민하며 취향을 드러내는 사람들 틈에 끼어 있으려니 여간 어색하고 기가 죽는 게 아니었다. 나는 그저 영화와 문학, 혹은 먹고 마시는 이야기나 나오면 그제야 쭈뼛쭈뼛, 내게도 머리와 혀가 있기는 있다고 생존 신고나 할 뿐이었다. 그리하여, "아이고 너 옷이 그게 뭐니", "아 그 바지에 그 재킷이 지금 가당

키나 하니" 같은 '패션'에 대한 지적을 들으면, "왜 이러세요, 내 취향이거든요"라고 아무렇지 않은 척 말하면서도 내심 풀이 죽었다.

옷차림과 스타일뿐만이 아니었다. '취향 평가'는 내 전공 분야인 영화에서도, 또 음악, 미술 등 모든 장르에서 계속됐다. 키에슬로프스키의 영화를 좋아한다고 했다가 지도 교수로부터 "아니, 그런 도덕 교과서 같은 영화를 어떻게…"라는 말을 듣기도 했고, 프랑스 친구들 여럿이 모인 자리에서 좋아하는 음악을 틀었다가 "그 영혼 없는 모조품 같은 곡은 다시 안 들으면 안 되니?"라는 말을 듣기도 했다. 그런 일이 반복되다 보니, 섬세한 이 도시의 사람들이 부담스러워졌다. '화려한 도시를 그리며' 찾아왔으나, 초라한 취향의 내게 이곳은 '춥고도 험한 곳'이었달까.

흔히 프랑스를 포장의 나라라고 한다. 세계인의 눈을 현혹하는 패션 브랜드가 발달했기 때문이라고 생각했는데, 오래 살면서 지켜보니 프랑스 문화의 전반적인 특성인 것 같다. 이들은 무엇을 해도, 심지어 국가의 정책을 발표하면서도 아름답게 치장해 내놓는 재능이 있다. 프랑스는 무엇을 해도 '우리가 하면 좀 다르다' 혹은 '여기에서 만들면 다르다'는 차별화 전략을 스타일리시하게 펼쳐내고, 다른 나라의 얄미움을 산다. 세계 최고라는 프랑스 요리, 프랑스 와인, 프랑스 패션도 그런 마케팅의 산물이 아닐까. 개인적으로 이탈리아 요리보다 프랑스 요리가 뛰어난 점을 잘 모르겠고, 유럽을 여행하는 관광객들에게도 "역시 프랑스 요리가 최고"라는 말을 들어본 적이 없으나, 프랑스 요리에는 늘 '세계 최고'라는 이미지가 붙는다.

이렇게 무엇을 해도 화려한 프랑스에는, 자신의 취향에 당당한 사람들만 살고 있을 것 같지만, 다행히 모두가 그렇지는 않다는 사실을 영화 한 편을 통해 알게 됐다. 프랑스인들도 타인의 눈에 비친 자신의 취향에 풀 죽고 스트레스를 받으며 살고 있다는 것을.

'르 구 데 조트흐Le Goût des autres' 그러니까 〈타인의 취향〉이라는 이름의 이 영화를 처음 발견한 것은, '구'라는 단어에 고통받던 프랑스 생활 초기였다. 영화에는 온 자존심을 취향에 걸었거나, 취향 빼고는 다 가졌거나, 혹은 나처럼 그 둘 중 무엇도 아닌 프랑스인들이 등장하는데, 그중에서도 장자크의 이야기가 중심이다. 간단히 정리하면, 중소기업 사장 장자크가 영어 과외 선생인 클라라에게 어느 날 반하게 되면서, 그녀와 그녀 주변의 예술가들에게 평생 경험한 적 없는 무시와 설움을 당하는 수난기다. 장자크는 콧수염은 있으나 머리숱은 없고, 돈과 안정된 삶은 있으나 섬세함과 센스는 찾아볼 수 없는 중년의 남자다. 반면, 클라라는 온몸에서 품위와 세련미가 풍기는 데다 재능도 특출한 연극배우지만, 비호감 중소기업 사장의 영어 과외를 해서 생활비를 벌어야 하는 중년의 여성이다.

영어 과외 수업에서 만나 서로를 경멸하게 된 두 사람이 우연히 재회하는 곳은 장자크의 조카가 참여한 한 연극 공연장이다. 그곳에서 장자크는 주연배우인 클라라의 열연에 영혼을 빼앗기고 몰입하다가 눈물까지 글썽인다. 그리하여 감동의 마음을 전하고, 연극 공연과 배우들을 돕는 어떤 일이라도 하고 싶어 자꾸 만남의 자리를 만들지만, 자주 문전박대를 당한다. 클라라를 비롯한 그 누구도 장자크가 진심으로 연극 공연에 감동했다고 생각지 않기 때문이다. 뿐만 아니라 클라라의 친구인 예술가들은 장자크가 그들의 환심을 사기 위해 재력을 자랑한다고 여기고, 은근히 조롱하며 멸시하는데, 여기에는 자본주의 변방에 위치한 그들 자신의 콤플렉스도 작용하고 있을 것이다. 이를 알게 된 클라라는 죄책감과 연민을 느끼다가 결국 그를 찾아가 말한다. 자신이 소개한 예술가들의 작품을 큰돈을 들여 구입했다고 들었는데, 그럴 필요는 없다고. 그들에게 이용당하는 것 같다고. 그러자 장자크는 영문을 모르겠다는 듯 클라라를 가만히 보다가, 자신이 당신에게 잘 보이기 위해 그 작품들을 샀다고 생각하냐고 되묻고 상처받은 얼굴로 말한다.

"걱정 마세요, 취향이니까Ne vous inquiétez pas, c'est par goût"
라고.

내가 이 영화를 DVD로 소장하고, 스무 해가 넘도록 종종 꺼내 보는 이유는 이 장면 때문이다. 자신을 향한 사람들의 조롱을 묵묵히 참아오다가 터트리는 장자크의 진심 어린 항변에, 그 앞의 클라라처럼 내 마음도 움찔한다. 우리는 왜 장자크가 예술 작품에 진심으로 감동할 만큼의 '취향'이 있을 거라고 믿지 않았던가. '진심' 앞에서 취향이라는 말이 화려한 빛을 잃어버리는 순간이며, 클라라를 비롯해 그 순간 움찔하는 모든 관객의 위선이 드러나는 순간이다.

취향에 대한 강박과 콤플렉스에서 해방되는 데 오랜 시간이 걸렸다. 이런 걸 좋아한다고 하면 안목이 없다고 생각하지 않을까 하는 조바심에서도, "안목 있는" 이들이 하나같이 극찬하는 작품이니 덩달아 거론하고 싶은 허세에서도 이제는 자유롭다. 남의 눈에 어떻게 보이든 상관없이 나만의 취향을 인정하고, 그것을 당당하게 꺼내놓을 수 있게 되니, 이제야 어른이 된 느낌이다. 자신의 취향에 당당해지는 과정은 곧 성숙한 인간이 되는 과정과 맞닿아 있지 않은가.

예술계를 벗어나 회사원이 된 이후로, 남들 앞에서 나의 취향을 드러내야 하는 일이 현저히 줄었는데, 최근 들어 취향의 문제가 다시 등장하고 있다. 바로 '와인 취향'이다. 남편이 오랫동안 좋아해 왔던 와인을 직업으로 삼게 되면서 업계에 친구들이 많아졌고, 그들이 모이는 모임에 종종 초대되면서다. 지금은 나도 무뎌졌지만, (이)

와인 전문가 모임은 사실 평소 와인을 즐기는 사람마저도 질리게 하는 면이 있다. 그날 먹을 음식이 정해지면 멤버들은 각자 그에 맞는 와인을 비밀스럽게 준비하고, 파티가 시작되면 음식에 맞추어 라벨을 가린 와인을 한 병씩 내놓는다. 그리고 각자의 잔에 두세 모금씩 따르는데, 보통 사람이라면(나랄까) 단숨에 털어 넣을 양이지만, 그 한 잔을 음미하며 각자의 '의견'을 이야기하고 생산지와 생산자를 맞히기까지 최소 20분이 걸린다. 게다가 이들이 나누는 의견은 또 어찌나 섬세하고 예술적이며 창의적인지, 보통 사람(나)은 도무지 따라갈 수가 없다.

"음… 가을 아침의 낙엽 향이 나는군", "내추럴 와인 특유의 아세톤 향이 진하지는 않지만 깔려 있기는 해", "감 냄새가 나는데?", "아니, 이건 감이 아니고 무화과지" 등등등. 아무리 와인 잔 깊숙이 코를 박고 폐 속까지 깊게 숨을 들이쉬어 봐도, 도대체 어디에서 가을 저녁도 아닌 가을 아침의, 그것도 콕 짚어 낙엽 향이 난다는 건지 모르겠다. 나는 파리의 과일 가게에서 감을 몇 번 본 적도 없는데, 대체 감 냄새를 제대로 알고 말하는 건지 도무지 공감할 수가 없다. 그렇게 대화에 끼지 못하고, 도대체 언제

한 잔 더 따라주나, 사료를 기다리는 고양이처럼 고독하게 바라보고 있노라면 누군가 내게 묻는다. "미성, 너는 어떻게 생각해?"

예전 같았으면, 당황해서 무슨 얘기라도 지어냈겠지만, 성숙한 어른이 된 나는 이렇게 대답하는 것이다. "음… 나는 이 와인이 너무 시다고 생각해. 나는 역시 (너희들이 별로라 했던) 이전 와인이 더 좋은걸." 그러면 어김없이 옆에 있던 남편이 이렇게 말한다. "네가 느끼는 그 신맛이 내추럴 와인의 장점이자 미덕이 될 수 있…" 그러면 나는 그의 말을 끊으며 이렇게 말하는 것이다.

"저기, 미안한데, 내 취향이거든"이라고.

Ce n'est pas n'importe qui

그는 아무나가 아니다

프랑스의 금수저와 흙수저

처음 이 말을 들었던 순간을 기억하고 있다. 영화 학교에 다니던 시절, 등굣길 지하철 안이었다. 단짝처럼 같이 다니던 마갈리와 나란히 앉아 가고 있는데, 같은 칸에 우리과 제레미가 탔다. 순간 마갈리의 눈이 반짝였을 것이다. 마갈리는 사랑을 하고 싶은 열아홉 살이었고, 당시 나는 온종일 지겹도록 제레미 이야기를 듣고 있었으니까.

"앗 제레미다. 나 어제 그 얘기 들었잖아. 쟤네 아버지가 누군지 알아? 영화배우 ○○○ 래"

"아 옛날 영화에 나왔던 그 배우? 아 그래?"

나의 시큰둥한 반응에 김이 샜기 때문일까. 마갈리는 이렇게 덧붙였다. 그 후로 오랫동안 내가 잊지 못할 한마디를.

"그래, 아무나가 아니라고 Ce nést pas n'importe qui."

"'아무나'가 아니라고?"

"그래, 쟤 성도 드de로 시작하잖아. 귀족 집안인 거지. 나는 그럴 줄 알았어."

귀족이든 뭐든 제레미의 출신에 대해서는 전혀 관심이 가지 않았다. 그 '아무나'가 아니라는 표현이 그저 충격이었다. 아무나가 아니라니, 그렇다면 평범한 부모와 서민 집안 출신의 사람들은 아무나 n'importe qui라는 이야기인가? 프랑스에서 귀족은 이미 200년도 훨씬 전에 기요틴(단두대)에서 끝난 거 아니었나 하는 의아함에 친구를 다시 보게 됐을 뿐.

이상한 건 마갈리만이 아니었다는 걸 깨닫는 데는 얼마 걸리지 않았다. 그 표현을 모를 땐 흘려 넘겼으나 한번 알고 나니 계속 들려왔기 때문이다. 다만 그로부터 스무 해가 지나도록 나는 여전히 그 말이 아무렇지도 않을 수 있는 이유를 이해하지 못하고 있다. 거리에서 혹은 미디어에서 "그는 아무나가 아니었다" 같은 표현을 들을 때마다, 매번 '아니, 이 사람들 왜 이러지?' 싶어 소외감까지 느낄 지경이다. 이해하지 못하는 한 내 입으로 그 표현을 사용하는 일도 없을 것이다. '아무나'로 태어난 건 마찬가지인 프랑스인 남편에게 "그 '아무나가 아니다'라는 표현 말이야, 소위 '대단한' 집안 출신인 사람에게 쓰는 거, 그거 나만 이상하게 느끼는 거야? 왕과 귀족들 몰락시키겠다고 혁명까지 한 나라에서 세습 귀족 칭송하는 거 너무 이상하지 않아?" 하며 종종 묻는데, 그럴 때마다 남편은 "이상해. 나도 이상하다고 생각해. 그런데 다들 그렇게 쓰니까…" 하며 어쩔 수 없다는 듯 어깨를 으쓱하고 끝이다.

자매품으로 '피스 아 파파fils à papa'라는 표현이 있다. 직역하자면, '아빠의 아들'이다. 처음 들었을 때는, 우리나라의 마마보이처럼 프랑스에는 파파보이, 파파걸이 있나 생각했는데 알고 보니 그보다 더 사회적인 맥락이 깔려 있었다. 피스 아 파파는, 아버지에게 의존하는 아들을 넘어 부잣집 아이들을 비꼬는 표현이었다. 프랑스어 사전 라후스Larousse는 이렇게 정의하고 있다. "부유한 부모가 있고 이 상황을 이용하는 자녀들을 지칭하는 구어체 표현." '그는 아무나가 아니다'라는 표현이 '비범한' 출신 배경을 추앙하는 느낌이라면, 이 표현은 부정성을 내포하고 있다.

나는 이 표현을 영화 학교 시절에 특히 많이 들었는데, 다른 프랑스 대학에 비해 학비가 비쌌던 그 학교에는 중산층 이상의 부잣집 아이들이 여럿 있었다. 유학생인 내게는 모든 학생들이 다 여유 있게 사는 듯 보였지만, 그 안에서도 구별되는 아이들이었다. 모두가 보풀이 다 일어난 낡은 모직 코트를 입을 때, 윤기가 흐르는 가죽 무스탕을 입고 다니고 겨울방학이 되면 스위스의 별장으로 스키를 타러 가던 아이들. 나와 친하게 지냈던 '보통의' 프랑스 친구들은 그들을 '피스 아 파파'라고 불렀다.

이 표현의 의미를 절감한 건 학교를 졸업할 무렵이었다. 일반 대학과 달리, 영화 학교 학생들의 꿈은 하나다. 영화 만드는 일을 하는 것. 영화감독이 되고 시나리오 작가가 되는 일은 직장에 취직하는 것과는 달라서, 학교를 마친 후에도 오랜 기다림의 시간이 필요하다. 그 시간이 얼마나 길어질지 모른다는 불안, 어쩌면 평생이 될 수도 있다는 공포, 무급의 수련 기간일 거라는 걱정, 무엇보다 부모와 주변 사람들의 걱정거리가 될 수 있다는 생각에 나를 비롯한 많은 친구들이 한숨을 쉬던 그때, 그들은 좀 달랐다. '피스 아 파파'로 불리던 친구들에게서는 뭐랄까 뽀송하게 잘 다려진 침구 같은 안락함이 느껴졌다. 그중에는 제레미처럼 부모의 인맥으로 바로 영화계에 투입되는 친구도 있었고, 졸업 이후의 계획에 대한 질문에 "우선 여행을 좀 다니고, 시나리오를 쓰려고"라며 나른하게 대답하는 친구도 있었다. 모두가 찬바람 몰아치는 문밖으로 내몰리는 순간에도 그들의 파티는 끝나지 않았고, 그것은 어쩌면 평생 지속될 것 같았다.

비슷한 맥락에서, 당시 프랑스 친구들의 부모님에게서 자주 들었던 표현이 있다. 주말이나 명절이 되면 친구들은 프랑스에 가족이 없는 나를 본가에 초대해 주곤 했는데, 친구들의 부모님은 졸업 후 자녀의 미래를 걱정하며 이런 식의 미안함을 표현했다. "영화계는 피스 드가 아니면 들어가기가 힘들다더라. 부모가 문화 예술 쪽에 있으면 도움을 많이 받을 텐데, 우리 집안은 영화 쪽이랑은 아무 관련이 없어서 어쩌니?"

'피스 드fils de~'는 말 그대로 '~의 아들'이라는 뜻으로 (그런데 왜 모두 '아들'인가), 이미 업계에서 영향력을 행사하고 있는, 이름만 대면 다 아는 부모를 둔 제레미와 같은 아이들을 가리킨다. 당시에는 그저 '프랑스 부모들은 저런 걸 미안해하는구나' 신기해하며 한 귀로 흘렸던 표현을, 사회에 나와 종종 떠올리며 고개를 끄덕이곤 했다. 내가 부모가 된대도 같은 걱정을 하게 될 만큼, 프랑스 사회에는 정말 이 '피스 드'들이 너무나 많기 때문이다. 영화계는 물론이고 정치, 사법, 의료, 미디어, 예술 등 경쟁이 치열하고 인맥이 필요한 분야일수록 그렇다. 최근에는 어느 시사 토론 프로그램에서 나이 든 기자가 맡고 있던 패널 자리가 공석이 되자 그 자리에 역시 기자인 그의 조카가 후임자로 앉아 있는 것을 보기도 했고(둘의 성이 같았다), 다른 채널의 유명 정치 전문 패널이 그 조카 기자의 어머니였다는 것도, 얼마 전 임명된 프랑스 내각의 한 장관이 그들과 친척 관계라는 것도 알게 됐다. 그들은 모두 같은 정치적 포지션으로 비슷한 주장을 펼친다.

부모와 같은 업계에 있는 모든 이가 다 실력 없이 떨

어진 '낙하산'이라고 할 수 없고, 부모보다 나은 경우도 혹은 집안의 재능이 대대로 이어지는 경우도 있으니까 이들을 싸잡아 문제로 보는 것은 아니다. 다만 비슷한 시기에 진입한 다른 동료들보다, 이 '피스 드'들에게 더 많은 기회가 쉽게 주어지는 사회는 문제다. 그런 특혜가 있어 같은 업계에 '그랜드파더&파더&선' 대대로 자리 잡는 사례가 이 나라에 특히 많은 게 아닐까.

이런 추측은 프랑스 사회의 고질적인 문제로 '꼬피나주copinage'가 자주 지적된다는 점에서도 타당해 보인다. 꼬피나주는 '꼬핀(copine 여자 친구), 꼬팡(copain 남자 친구)'에서 파생된 단어. 프랑스어 사전에서는 이 단어를 "정치, 비즈니스 등에서의 편애주의를 의미하는 부정적인 구어적 표현"이라고 정의하고 있다. 그러니까 사적인 감정이 개입되면 안 되는 관계에서 일어나는 친목과 상호적 편의를 말하는데, 우리말로는 '짬짜미', '우리가 남이가', '연고주의' 같은 표현으로 번역할 수 있겠다.

프랑스 탐사 보도 기자인 뱅상 누지유Vincent Nouzille는 2011년 발간된 책 『꼬피나주 공화국La République du copinage』

에서, "꼬피나주와 네트워킹réscautage은 프랑스의 두 젖줄"이라고 표현하며, "공정성과 정당성을 열렬히 자랑스러워하는 이 나라에서는 일자리를 찾고, 어느 학교의 입학 허가를 받고, 누군가의 조언을 얻어내고, 입찰을 따고, 보조금을 타기 위해 모두가 자신의 사회적 계급과 전화번호 수첩을 이용해 공공의 규범을 넘어서고 있다"고 썼다. 그는 이 책에서 학연과 지연으로 맺어져 서로를 도우면서 공고히 세를 불려가는 '엘리트' 집단의 '꼬피나주'에 대해 자세히 고발하고 있는데, 사실 '꼬피나주'는 비단 엘리트 계층만의 문제는 아니다.

코로나19를 기점으로, 프랑스 대도시를 중심으로 '퇴사 후 시골에서 시작하는 제2의 삶'이 한창 유행하던 시기가 있었는데, 이에 동참했던 프랑스 젊은이들이 몇 년 후 실패를 인정하고 파리에 돌아왔다는 기사를 본 적이 있다. 프랑스 남부의 지역 일간지 「쉬드 우에스트Sud Ouest」가 2023년 7월 이들을 인터뷰한 기사였는데, 그들이 밝힌 가장 큰 실패 요인은 다름 아닌 지역의 꼬피나주 문화였다. 지역 주민들이 외지인은 끼워주지 않는 탓에 일자리를 구하려고 해도 사업을 시작하려고 해도 도무지 그

틈을 비집고 들어갈 수 없었다는 내용이었다.[*]

이런 이야기를 듣고, 경험할 때마다 눈앞이 까마득하다. 서열을 매긴다면 이 땅의 '아무나' 중에서도 가장 '아무나'인 이방인으로서, 앞으로 도대체 어떻게 살아야 하는지, 마땅히 열려야 할 문이 열리지 않을 때마다 하늘에서 밧줄이 내려오기를 기다리며 살아야 하나 싶기 때문이다. 사실 내게 가장 큰 미스터리는, 이 프랑스의 '아무나'들이다. 피로 거리를 물들여도 크게 변한 것은 없더라는 역사적 패배감에 이들은 체념하게 된 걸까? 같은 반 친구를 두고 "그는 아무나가 아니다"라며 추앙했던 마갈리처럼, 군림하는 특권층의 머리를 잡고 목을 벴던 민중의 후손들은, 먼 나라에서 온 이방인인 나보다도 고착된 사회적 불평등에 더는 신경 쓰지도 분노하지도 않는 듯 보이기 때문이다.

크리스마스를 앞둔 어느 날이었다. 마트에서 장을 보는데, 어디선가 이런 말이 들려왔다.

---

[*] "Que du copinage et du piston: ils ont choisi de vivre à la campagne… Et ils déchantent(꼬피나주와 연줄뿐: 그들은 시골을 선택했으나… 곧 환상에서 깨어났다)", *Sud Ouest*, 2023년 7월 4일 자 기사.

"그건 우리를 위한 게 아니야Ce n'est pas pour nous, 그건 부자들이나 먹는 거라고."

고개를 돌려 바라보니 캐비어 앞에 한 할머니와 청소년으로 보이는 손자가 서 있었다. 최근 몇 년 사이 캐비어가 대중화되면서 동네 마트에도 크리스마스 시즌이 되면 '접근 가능한' 가격의 캐비어 제품들이 나오고 있었다. 프랑스에 오래 산 경험으로, 나는 바로 알았다. 그 할머니는 지갑 속 사정이 아닌 문화적 계급을 말하고 있는 것임을. 그 손자는 살면서 얼마나 많은 것들을, '아무나'는 누릴 수 없다고 여기며 스쳐가게 될까.

"우리를 위한 게 아니야." 내가 들은 가장 슬픈 체념의 말이다.

Nous nous
sommes vues
vieillir

우리는 서로가
늙어가는 것을
지켜보았군요

동시대를 살며 스쳐가는 사람들에게
_____

진료가 끝나 일어서려는데, 아드니 선생님이 "아, 잠깐
할 말이 있어요" 하며 나를 잡았다.

"오늘이 우리가 만나는 마지막 날이에요. 제가 다음
주에 퇴직하거든요."

"오늘이 마지막이라고요?" 하면서 고개를 드니, 선생
님의 머리와 피부에 내려앉은 세월이 새삼스레 눈에 들
어온다. 나도 그렇겠지.

"선생님, 제가 선생님을 처음 만났던 게 15년 전인가
요? 선생님이 계셔서 든든했어요."

아드니 선생님이 활짝 웃으며 대답했다.

"우리는 서로가 늙어가는 것을 지켜보았군요. 알게 될 거예요. 시간이 눈앞으로 얼마나 빨리 지나가는지."

아드니 선생님에 대한 첫 기억은 어지럼증이 재발했던 대학원 시절로 거슬러 올라간다. 어느 날부터 갑자기 귓속에서 누수가 발생한 것처럼 물이 뚝뚝 떨어지는 소리가 나기 시작했고, 일주일쯤 지난 어느 밤 느닷없이 눈앞이 뺑글뺑글 돌았다. 너무 어지러워서 단 한순간도 눈을 뜰 수가 없었다. 강렬하게 끔찍했지만 처음은 아니어서 심리적인 충격은 덜했고, 몇 시간 후 조금씩 나아졌다. 아침이 밝자마자 동네의 진료 가능한 병원을 수소문했다. 그렇게 아드니 선생님을 찾았다.

병원에는 남자 친구와 함께 갔다. 언제 다시 세상이 빙글빙글 돌고 구토가 날지 모른다는 공포도 있었고, 무엇보다 전날 있었던 일을 자세히 묘사하고 설명하는데 그의 도움이 필요할 것 같았다. 대기실은 나처럼 예약 없이 온 아픈 사람들로 붐볐다. 한 시간쯤 기다리고, 드디어 아드니 선생님이 대기실 문을 열었다(프랑스의 개인 병원에는 대부분 간호사나 행정 직원이 없다). 남자 친구와 함께 일어나 문 쪽으로 가는데 선생님이 물었다. "둘 중 누가 환자인가요?" 내가 살짝 손을 들며 "저요" 하니 선생님이 말했다. "환자만 들어오세요, 환자만." 어찌나 단호하게 말하는지 초면인데도 서운할 지경이었다. 동시에 그런 생각도 들었다. 환자의 프라이버시 때문인가, 어쩌면 여자 환자에게 더 그럴 수도 있겠다 싶었다. 내가 프랑스어를 못하는 외국인일 수도 있는데 묻지도 않고 혼자만 들어오라고 한 데에는, 어쨌거나 환자 본인의 말만을 듣겠다는 나름의 원칙이 있는 게 아닐까.

어둠의 터널 같은 몇 시간을 보낸 끝에 도착한 진료실은 밝고 아늑했다. 지난밤의 끔찍했던 시간과 몇 해 전 일어난 첫 발작에 대한 나의 모든 이야기를 선생님은 연민이 가득 담긴 눈으로 천천히 들어주었다. 그리고 그의 첫마디는 "얼마나 놀라고 무서우셨을까요. 이제 걱정하지 마세요"였다. 그 말을 지금까지도 기억하는 건, 그 순간 지난밤부터 팽팽하게 나를 당기고 있던 긴장과 누구도 나의 고통을 공감할 수 없다는 외로움, 그 안에서 영영 빠져나오지 못할 것 같던 두려움이 찰나에 풀렸고, 얼음이 녹아내리는 것 같은 느낌을 실제로 받았기 때문이다, 아드니 선생님과의 첫 만남은 이 순간으로 기억된다. 선생님은 본인이 잘 아는 이비인후과 전문의에게 손 편지를 써주었고, 이후 몇 주에 걸쳐 전문의와 정밀 검사 기관을 오가면서 어지럼증의 인과관계도 파악됐다. 이비인후과 전문의는 마지막 진료에서 악수를 청하며 "우리가 다시 만날 일은 이제 없을 겁니다"라는, 이 세상 모든 환자가 가장 듣고 싶어 할 말을 해주었다. 그의 덕담대로 그를 다시 볼 일은 지금까지 일어나지 않았다.

프랑스에서는 일반의의 역할이 중요하다. 아주 위급한 상황이 아닌 한, 치과 같은 특수 분야를 제외하고는 일반의에게 먼저 진료받고 그의 판단 아래 그가 소개하는 전문의에게 연결되는 시스템이기 때문이다. 프랑스 건강보험공단에서는 모든 가입자에게 일반의 한 명을 주치의로 등록하도록 권장하고 있다. 나는 자연스럽게 아드니 선생님을 주치의로 등록했다.

그럼에도 아드니 선생님에게 진료받는 건 그리 간단하지 않았다. 감기처럼 시간이 지나면 나아질 것을 알 때는, 아무리 열이 끓어도 선생님을 찾기까지 몇 번을 망설였다. 일주일 전부터 예고되고 아픈 게 아닌데, 선생님의 예약 스케줄은 언제나 빼곡히 차 있었고, 어찌어찌 가장 빠른 날로 예약하고 가도 한 시간은 기본으로 기다려야 했다. 예약은 15분 단위로 받지만, 진료를 15분 이내에 끝내지 않는 게 문제였다. 한번 진료실에 들어간 사람들은 30분이 지나도록 나오지 않았고, 철 지난 잡지 몇 권이 덜렁 놓인, 게다가 인터넷도 잘 터지지 않고 조명도 침침해서 책도 눈에 들어오지 않는 대기실에서 아픈 사람들 사이에 끼어 앉아 몇 시간을 기다리다 보면, 없던 병도 생길 것 같았다.

한번은 퇴근 시간에 맞춰 예약하고 갔는데 여느 때처럼 한 시간 반을 기다린 끝에 내 차례가 됐다. 아드니 선생님이 대기실 문을 여는 순간 벌떡 일어났는데, 선생님이 내 다음 차례, 그러니까 그날의 마지막 환자가 엄마랑 같이 온 꼬마 아이임을 확인하고는 내게 이런 부탁을 한 적도 있다. "저, 정말 죄송하지만, 이 아이에게 순서를 양보해 주시면 안 될까요? 어린아이가 기다리느라 얼마나 힘들겠어요. 정말 죄송합니다." 네? 뭐라고요? 저도 지금

미치고 팔짝 뛸 지경인데요, 선생님? 하고 싶었으나, 마치 본인의 잘못처럼 사과하는 그의 부탁을 거절할 수는 없었다. 그래, 내가 이 정도면, 아이는 옷을 갈가리 찢으며 드러눕고 싶겠지. 아이의 엄마는 또 어떻겠는가.

그럼에도 나를 비롯한 많은 환자들은 아드니 선생님을 계속 찾을 수밖에 없었다. 진료실에 들어서는 순간 마법 같은 위로와 평화가 찾아오기 때문이다. 선생님 앞의 환자는 세상에서 가장 중요한 사람이 됐다. 선생님은 그동안의 진료 기록을 점검하면서 주의 깊게 이야기를 듣고, 몸무게부터 혈압으로 이어지는 기본 검사를 한 후 처방을 내려주었다. 산부인과 진료도 겸하고 있어 다른 문제로 왔어도 때가 됐다 판단되면 유방암과 자궁경부암 검사를 했고, 피 검사를 진행하도록 진단서를 써주기도 했다. 밖에는 많은 이들이 목을 빼고 있었지만 그 방에서만은 여유가 넘쳤다. 선생님은 환자를 편하게 만들기 위해 최선을 다했고, 천천히 내 몸에 대한 모든 고민을 다 털어놓고 있노라면 대기실에서의 고통이 잊혔다. 어떨 때는 심지어 선생님의 진료실을 나서는 순간부터 다 나은 듯 느껴지기도 해서, 이것은 플라세보효과인가 아니면 어차피 나아질 타이밍에 진료받은 건가 싶어질 정도였다. 착각이었대도 나만의 착각은 아니었을 것이다. 언제부터인가 더 이상 신규 환자는 받을 수도 없을 만큼 선생님을 다시 찾는 환자는 늘어만 갔으니까.

비록 일 년에 한두 번이었지만, 꾸준히 보다 보니 선생님과 사적인 이야기도 나누게 됐다. 한번은 진료 마지막에 처방전을 적던 선생님이, 영화 전공이라니 꼭 물어보고 싶은 게 있다며 부끄러운 듯 말을 꺼냈다. 의사가 영화 전공자에게 궁금한 게 도대체 뭘까, 내가 더 궁금해져 "그럼요, 무엇이든 물어보세요" 하니, 선생님이 고민을 꺼내놓았다. "제가 언니가 한 명 있는데, 잠깐 그리스에 가서 살게 됐거든요. 우리는 프랑스에 있을 때도 매일같이 통화하는 사이여서, 이제 인터넷으로 영상통화를 하려고 하는데 영상 화질이 안 좋고 자꾸 끊겨서요. 혹시 왜 그런지 아시나요?" 진지한 표정의 선생님 앞에서 "선생님, 저는 영화 전공자고요, 통신사 직원이 아닌데요"라고 말할 수는 없었고, 속으로 웃음을 삼키며 심각하게 어떤 기기를 쓰시는지 같은 대화를 나눈 적이 있다. 언젠가는 진료를 마치고 처방전을 쓰던 선생님이 툭, "사실은 오늘 제 생일이에요"라고 말해놓고 부끄러운 듯 미소 지은 적도 있는데, 지금도 그 생각을 하면 웃음이 난다.

그랬던 아드니 선생님이 이제 퇴직이라니. 벌써 세월이 그렇게 흘렀다는 사실에 쓸쓸한 마음이 됐다. 일어서서 마지막 악수를 나누는데, 선생님이 봉투 하나를 건네주었다. "첫 진료부터 현재까지의 기록이에요. 다음 주치의에게 참고하라고 전해주세요. 그리고 이 동네에 제가 추천하는 다른 일반의 선생님 리스트도 넣었으니 필요하면 연락해 보시고요." 그리고 씩 웃으며 덧붙였다.

"당신도 머지 않았어요. 순간순간 집중해서 살아요"

집에 와서 열어본 봉투 안에는 몇 장의 의료 카드와 검사 결과지가 들어 있었다. 아주 오래전부터 차곡차곡 수기로 작성되어 온 기록들. 내 몸의 한 시기가 선생님의 퇴직과 함께 정리되는 것 같았다.

선생님이 추천해 준 의사들에게 연락할 일은 없었다. 얼마 후 나는 파리의 반대편으로 이사를 하게 됐고, 새집 가까운 곳에서 새로운 의사를 찾아야 하는 상황이 됐으

브로. 새로 정착한 동네에서 몸이 아플 때마다 그 동네의 '구글 평점이 나쁘지 않은' 일반의를 골라 진료를 받아보았고, 내게 맞는 좋은 일반의를 만나기가 얼마나 힘든지를 깨닫는 데는 얼마 걸리지 않았다. 많은 의사에게 환자는 '고객'일 뿐이라는 사실을 알게 된 과정이었다. 어떤 의사는 진료 중에 개인 통화를 하기도 했다. 그날 저녁에 있을 파티에 어떤 와인을 가져갈지 친구와 이야기하면서 나의 독감 증상을 한 귀로 들은 그는, 진찰도 하지 않고 곧바로 처방전을 쓰기 시작했다. 나중에 보니 처방전이 없으면 살 수 없는 온갖 독한 약들이 줄줄이 들어 있었다. 의사가 처방했으므로 모두 보험 처리됐지만, 그 약 보따리 중 절반은 결국 손도 대지 않았다(매해 프랑스 감사원이 지적하는 의료보험 적자 문제를 처음으로 심각하게 공감하는 계기가 됐다).

모렐 선생님은 개업한 지 얼마 되지 않은 젊은 여자 의사다. 임상 경험이 풍부한 의사를 찾는 게 좋을 것 같아 한 번 가고 안 가다가, 결국 대안을 찾지 못해 얼마 전 급하게 진료 약속을 다시 잡았다. 혈압을 재더니 선생님이 물었다.

"최근에 몸무게에 변화가 있었나요?"

"아, 큰 변화는 없는데… 혹시 표가 났나요? 저 다이어트 했거든요" 나의 바보 같은 대답에 선생님이 깔깔 웃으며 말했다. "우리가 일 년 만에 만나는 건데 그걸 알아볼 리가요."

머쓱해진 내가, "저는 적정 몸무게가 얼마쯤일까요?" 묻자 선생님이 대답했다.

"지금보다 10킬로그램이 더 찐다고 해도, 5킬로그램을 더 뺀다고 하더라도 저는 정상 범주라고 말씀드릴 거예요. 그 이상이면 건강에 무리가 가겠지만요. 몸무게에 연연하지 않으셨으면 좋겠어요. 다 자신을 어떻게 바라보는지에 대한 마음의 문제니까요."

교과서 같은 말이지만, 그 말을 들으며 나는 알았다. 이 선생님이 나의 주치의가 될 것임을. 지난 15년간 쌓여온 내 몸의 기록을 넘겨줄 사람을 찾았음을. 그리고 언젠가 나는 이 젊은 선생에게 이야기하게 되겠지.

"선생님, 우리 안 지가 벌써 10년이 넘었군요. 서로가 늙어가는 것을 지켜보았네요" 하고.

Chacun
cherche
son chat

각자 자기의
고양이를
찾아다닌다

인생의 모양과 방법과 속도는 개별적이다
_____

스테판의 첫 장편영화 시사회였다. 그날을 생각하면, 몽
파르나스 대로를 걷던 기억부터 떠오른다. 내 영화 시사
회도 아닌데 긴장 탓에 몸이 덜덜 떨리면서도 '아, 우리
긍정의 스테판, 의지의 스테판이 드디어 해냈구나' 하며
웃음이 나던 기억.

　　스테판과 남편과 나는 모두 같은 영화 학교를 졸업했
다. 이후 남편과 내가 학교를 옮겨 공부를 계속하고 졸업
후 직업을 찾던 그 10여 년 동안 스테판은 꾸준히 데뷔작
을 준비해 왔다. 데뷔작을 준비해 왔다는 말 속에는, 장편

영화 시나리오를 쓰고, 고치고, 다시 쓰고, 영화사에 보내고, 답변을 기다리고, 누구도 기다리지 않는 영화제에 가서 미팅을 잡으려고 애쓰고, 상심하고, 다시 시나리오를 고치고, 영화사에 보내고, 하염없이 답을 기다리는 그 모든 과정이 들어 있다.

'긍정의 스테판', '의지의 스테판'. 학창 시절 우리는 그를 그렇게 불렀다. 모두가 그를 좋아했지만 그를 놀리는 마음이 없지도 않았다. 누구도 꺾을 수 없는 그의 고집 때문이었다. 그가 만드는 단편영화 속 세계는 그를 닮아 동화처럼 착하고 순수하기만 했고, 그의 코미디 작업을 보고 "하나도 안 웃기고 지루한데? 너는 코미디는 아닌 것 같아"라고 모질게 평해도, 풀 한번 죽는 법이 없었다. 영화는 단체 작업이고, 특히 학교에서 영화를 만들 때는 다른 친구들의 의견을 무시하기가 쉽지 않은데, 그는 누가 뭐라든 자기가 좋은 것을 밀고 나갔다. 그리고 그때, 우리 중 누가 제일 먼저 데뷔하게 될까, 하는 질문에 그를 생각하는 사람은 거의 없었을 것이다.

졸업하고 일 년에 한두 번씩 동창의 생일이나 집들이

로 모일 때마다, 영화 일을 계속하는 친구 수는 줄었다. 다들 밥벌이로 바빠져서 혹은 파리 외곽이나 지방으로 떠나버려서 모임도 점점 뜸해졌다. 아주 가끔 나가 보면 스테판만이 늘 그곳에 있었다. 여전히 같은 작품을 준비 중이라는 변함없는 근황과 함께. '아, 의지의 스테판. 아직도 그 작품 쓰고 있어?' 속으로 생각하면서도, 어렴풋이 예감했다. 어쩌면 우리가 하지 못한 것을 정말 해내고야 말겠구나.

시사회가 있기 바로 몇 해 전, 그는 우리 커플에게 영화의 최종 시나리오를 보내며 의견을 물어왔고, 오랜 노고와 사색을 짐작케 하는 그 시나리오가 정말 좋아서 마치 내 작업인 양 뿌듯했던 기억이 난다. 얼마 후, 젊은 프로듀서 두 명이 뛰어들었고, 연기 잘하기로 프랑스에서 손꼽히는 배우가 시나리오에 반해 저예산임에도 바로 출연을 결정했다는 소식을 들었다.

그리고 그날이었다. 10년의 노력과 기다림. 그 끝은 달콤해 보였다. 무대 앞에서 조용히 사람들을 지켜보는 연기파 여배우의 긴장된 눈빛과 분주히 움직이는 젊은 프로듀서를 보면서, 결국 이런 날이 오는구나 고개가 끄덕

여겼다. 상영관 입구에서 프랑스 영화계의 거장, 베르트랑 타베르니에 감독을 봤을 때는 소름이 돋기까지 했다.

영화는 훌륭했다. 무수히 현장을 돌아다니고 취재하면서 만들어진 그의 세계가 깊고 깔끔하게 담겼고, 배우의 연기도 압권이었으며, 무엇보다 지난 10년 동안 그가 그토록 이야기하고 싶어 했던 주제가 묵직하게 마음을 울렸다. 충분히 성공적인 데뷔작이었다.

영화의 좋았던 점들을 아낌없이 칭찬하고, 우리가 다 아는 스테판의 인내와 노력, 성실함에 박수를 보내고 집으로 돌아가는 길, 그 자리에 있던 친구들이 다 나 같지 않았을까. 입가의 흡족한 미소가 사라질 때쯤, 저녁 내내 꾹꾹 눌러놓았던 서늘한 질문들이 가슴속에서 슬금슬금 올라왔을 것이다. 지금 나는 어디쯤 있는 걸까, 나의 선택이 옳았던가, 내가 스테판처럼 계속 버텼다면….

당시 우리는 모두 서른 살 언저리였고, 동창들보다 두 살이 많았던 나는 영화와 관계없는 직장의 일원이 된 지 일 년쯤 지난 참이었다. 처음 취직할 때는, '잠깐'이라고 생각했다. 집세와 생활비를 걱정하는 불면의 밤을 대책도 없이 지속할 수는 없어서, 벼랑 끝에 선 기분으로 한 결정이었다. 어쩔 수 없는 잠깐의 멈춤이라고 여겼다. 이력서 위 길게 이어진 학력을 부담스러워하는 작은 회사에 들어가 일주일의 절반을 일하게 됐을 때, 한 친구가 이렇게 말했다. "네가 돈 버는 맛에 취해서 다시 창작하는 삶으로 돌아오지 않을까 봐 걱정돼." 그 말에, "그럴 리가"하며 웃던 기억이 난다. 집세 걱정은 사라졌지만, 그와 맞바꾼 새로운 세계가 너무 끔찍해서 밤마다 누우면 눈물이 줄줄 나는데 그럴 리가.

얼마 안 가 방송국으로 이직해 뉴스 만드는 일을 하게 되면서 나도 모르게 베개를 적시는 일도 차츰 줄었고, 결국 나는 온종일 시나리오를 고민하고 아르바이트로 생계를 유지하던 그 삶으로 돌아가지 않았다. 매달 안정적으로 통장에 들어와 찍히는 숫자는 내가 그것과 바꾼 것을 생각하면 화가 나는 액수였지만, 그럼에도 일상의 매우 많은 스트레스를 해소해 주었다. 내 삶을 온전히 내 힘으로 꾸려나간다는 사실에서 생기는 자존감과 사회에 단단히 발 붙이고 있다는 소속감, 그것을 '돈 버는 맛'이라고 한다면 친구의 예상이 맞았다. 그것은 쉽게 털고 나올 수 있는 달콤함이 아니었다. 무엇보다 그 직장 생활의 경험으로 나는 돈 버는 일을 다르게 보게 됐다. 책상 앞에서는 대강 짐작만 했던 것, 돈의 위력에 맞서서 혹은 투항하며 살아가는 사람들의 모습, 그 욕망과 두려움, 세상이 돌아가는 이치, 궁극적으로 이야기하고 싶었던 많은 것들이 일터에서 펼쳐지고 있었다. 밥벌이를 빼고 시대의 삶을 이야기할 수 있을까? 그 애달픔을 느껴보지 않고 어떻게 그 이야기를 한다는 말인가? 나는 점점 그렇게 생각하게 됐다.

하지만 그걸로 끝은 아니었다. 몇 달이 지나고, 조금씩 내 처지에 대한 자각이 들면서 불면의 밤이 찾아왔다. 이렇게 계속 살 수는 없다는 생각, 더 나이를 먹기 전에, 이대로 주저앉고 싶기 전에 무언가를 해야 한다는 조급함이 밀려왔다. 피곤에 쓰러져 잠이 들었다가도 이른 새벽 잠에서 깨는 일이 잦아졌고, 한번 깨고 나면 점점 오랫동안 잠들지 못했다. 그 시기였다, 스테판의 첫 영화 시사회가 있었던 날은.

시사회에 다녀오고 한참 마음이 무거웠다. 내가 정말 하고 싶었던 것, 생활의 안정을 위해, 아니 생존을 위해

버려둔 것이 떠올라서. 내가 버린 것과 지킨 것, 스테판이 버린 것과 지킨 것에 대해 각자의 선택을 비교하면서, 지난 10년 동안 그가 벌여왔을 마음속 사투를 그려보았다. 하나둘씩 영화 일에서 멀어지는 친구들을 보면서, 밥벌이를 위해 떠나는 사람들을 보면서 남몰래 회의하는 밤이 그에게도 무수히 있었을 것이다. 자책과 불안이 짓누르는 그 밤들을 스테판은 어떻게 견뎠을까, 하는 생각에 이르렀을 때였다. 한 문장이 떠올랐다.

Chacun cherche son chat. 샤캉 셰르쉬 쏭 샤.

'각자 자기의 고양이를 찾아다닌다'는 뜻의 이 문장은 영화 〈스페니쉬 아파트먼트〉, 〈사랑을 부르는, 파리〉로 알려진 세드리크 클라피슈 감독이 1996년에 만든 장편 영화 제목이다. 내용은 단순하다. 바캉스를 앞두고 고양이 맡길 곳을 찾지 못한 주인공이, 어쩌다 동네 할머니에게 고양이를 맡기게 된다. 바캉스에서 돌아와 보니 고양이가 실종됐고, 고양이를 찾아다니는 과정에서 동네 사람들의 다양한 삶의 모습을 만나게 된다는 이야기다. 이야기도 따뜻해서 좋았지만, 개인적으로는 당시 내가 살던 동네인 바스티유 광장 주변 주민들이 대거 등장한 덕분에 동네 사람들의 옛 모습을 보는 재미도 있었다.

무엇보다 제목이 인상적으로 남았다. '샤캉 셰르쉬 쏭 샤'라는 '된장 공장 공장장'을 떠올리게 하는 발음도 중독성이 있었고, 의미도 공감이 갔다. 모두의 가슴속에는 각자의 '사라진' 고양이가 있고, 삶이란 어쩌면 그 고양이를 찾아다니는 과정이라고도 할 수 있지 않을까. 그 후로 오랫동안, 카카오톡 프로필에 이 문장을 걸어놓고 지냈다. Chacun cherche son chat. 하루에도 몇 번씩 이 문장을 꺼내 보면서 우리 모두 찾는 고양이가 다르고, 고양이를 찾는 방법도 다를 수밖에 없다고, 내가 현재의 일터에서 경험하는 일들, 현재의 고민도 내 고양이를 찾아가는 나만의 과정이 될 거라고 마음을 다잡았다.

다른 방법이 없어서, 새벽마다 일어나 글을 썼다. 습관처럼 써오던 일기 같은 기록이 아닌, 주제가 있는, 세상에 공개하기 위한 글. 그 시기에 가장 하고 싶었던 이야기를 쓰기 시작했다. 출근 전 최소한 두 시간, 새벽에 글을 쓰는 일이 내가 가진 환경에서 할 수 있는 내 고양이를 찾는 최선의 노력이었다.

그리고 그 시기에 우연처럼 알게 됐다. 새벽과 낮의

삶이 다른 나처럼, 하루를 두 개의 시간으로 쪼개서 사는 사람들이 세상에는 참 많다는 사실을. 뉴스 만드는 일을 할 때라 프랑스 사회의 다양한 사람들을 만날 기회가 많았다. 인터뷰 섭외로 연락을 주고받게 된 어느 동물권 단체 멤버의 메일에 개인 홈페이지 주소가 있었고, 호기심에 클릭해 본 그의 공간에는 그저 취미라기엔 너무 뛰어난 미술 작품들이 전시되어 있었다. 인터뷰가 끝난 후에 살짝 "미술 작업도 하시나 봐요, 작업이 흥미롭더라고요" 하고 아는 척을 했을 때, 환하게 빛나던 그의 두 눈 속에서 나는 나를 보았다. 이후 오랫동안 그는 메일로 자신의 전시회 소식을 보내왔다. 또 어느 날에는 야근을 마치고 탄 택시에서 흘러나오는 노래가 심상치 않아, "혹시 직접 부르신 노래인가요?"라고 물었을 때, "어떻게 아셨어요? 제가 만들고 불렀어요"라고 뿌듯하게 대답하면서, 조심스럽게 "혹시 음악계 종사자이신가요?"라고 묻던 택시 기사도 있었다.

　내 일이 되기 전에는 몰랐다. 자신의 고양이를 마음에 품고 비밀스럽게 찾아다니는 사람들이 세상에 얼마나 많은지. 프랑스의 야당 정치인 중에는 본업이 우체부인 사람도 있다. 그는 과거 TV 정치 토론 프로그램의 단골 패널로 활약하면서 대선 후보를 긴장시킬 만큼 인기가 높았는데, 프랑스인 누구나 그의 이름을 아는 지금도 파리의 한 우체국에서 일하는 중이다. 모두가 자기 고양이를 찾는 일만으로도 존엄하게 살 수 있는 사회를 만드는 것, 거대 자본이 모든 부를 독점하지 않는 사회가 아마도 그가 찾아 나선 고양이일 것이다.

그로부터 다시 10여 년이 흐르는 동안, 스테판의 첫 영화 시사회에서 만났던 영화 학교 동창 중 한 명은 이슈가 있을 때마다 매스컴에 등장하는 여성 운동가가 됐고, 다른 친구는 전공을 바꾸어 건축가가 되었으며, 또 다른 친구는 공항 관제탑에서 일하고 있다. 스테판은 첫 영화를 만들고 또 10년을 넘게 기다려 작년에 새 영화를 만들었다. 그 10년 동안 내가 아는 것만 두 편의 시나리오가 영화화되지 못하고 사라졌다. 그 시기를 또 버티고 견뎌 그는 마흔 살에 장편 상업영화 두 편의 감독이 됐다.

나는 그 10년 동안의 새벽 시간이 축적된 결과로 몇 권의 책을 낼 수 있었는데, 그 과정에서의 성과라면 나 자신을 좀 더 잘 알게 됐다는 것이다. 내 고양이는 어디에서 찾아야 하는지 알게 됐다고 해야겠다. 영화라는 매체가 중요하다기보다, 나는 그저 이야기를 만들고 나누고 싶었던 게 아닐까 생각하고 있다. 하지만 쓰는 삶이라니, 누구라도 마음만 먹으면 글을 쓰고 공개할 수 있는 시대에, '글보다 영상'이라는 시대에 그걸 꿈이라고 할 수 있는가 싶어 가끔 막막하고 스스로가 한심하기도 하지만 어쩌겠는가. 그게 내가 찾는, 찾게 되는 고양이인 것을.

동시대의 '쓰는 사람들'은 모두 비슷한 불안을 품고 사나 보다. 얼마 전 프랑스 소설에서 이런 문장을 읽었다. 2021년 프랑스 공쿠르상을 받은 『인간들의 가장 은밀한 기억』이라는 작품 속 문장이다. 세네갈에서 프랑스로 유학을 와서 문학 박사 논문을 쓰던 남자가 학자로서의 길을 포기하고 소설가가 되기로 마음먹는다. 그때, "영영 실패자가 되면 어쩌려고!" 하며 말리는 사람들에게 그가 말한다.

어차피 삶은 '그럴 수-있다peut-être' 속의 연결선에 지나지 않아. 나는 그 단어를 만드는 가느다란 선 위를 걷고 있지. 내 무게 때문에 선이 끊어진다면 할 수 없지 어쩌겠어. 뭐가 살아남고 뭐가 죽었는지는 그때 가서 보는 수밖에.•

각자 자신의 고양이를 찾아다닌다. 가느다란 선 위를 걷는 아슬아슬한 마음으로, 어쩌면 '그럴 수 있다'는 가느다란 희망을 품고서. 어느 길모퉁이에 다다르면 고양이가 나를 향해 달려오는지, 고양이는 사실 어디에도 없었던 건지, 실은 그것을 찾아다닌 모든 여정 속에 고양이가 있었는지, 그건 그때 가서 보는 수밖에.

• 모하메드 음부가르 사르, 『인간들의 가장 은밀한 기억』, 윤진 옮김, 엘리, 2022, 25쪽.

La liberté ne
se reçoit pas,
elle se prend

자유는
주어지지 않는다,
쟁취하는 것이다

혁명이 지나가고 남은 것

독자들이 확인할 수 없으니 과장해서 말하자면, 한때 '대필'로 이름을 날린 적이 있다. 고등학교 때였고, 독서반 특별활동을 하던 친구가 독후감을 어떻게 써야 할지 모르겠다고 하소연하기에, "그게 뭐 어렵다고" 하면서 뚝딱 써준 게 시작이었다. 그게 소문이 나 여기저기서 발표문, 독후감, 편지는 물론 급기야 시까지 써달라는 요청을 받았고, 공부하는 것보다 글 쓰는 게 더 재미있어서 자주 그리로 도망쳤다.

　그중에서도 같은 반 친구의 대학생 언니 부탁으로 영

어 리포트를 쓴 일이 가장 기억에 남는데, 그 리포트를 시작으로 프랑스에 대한 맹목적인 사랑이 시작됐기 때문이다. 미국인 원어민 교수의 교양 수업에서 발표할 에세이라는데, 친구의 언니는 영어에 흥미가 없었고, 그때의 나는 영어와 관련된 일이라면 뭐든 좋아했으므로, 죄책감도 없이 피자 한 판과 바꿀 에세이를 쓰게 된다. 주제는 자유롭게 잡아도 된다고 했다. 당시 혼자 몰래 극장에 가서 영화를 보거나 영화 잡지에서 소개하는 예술영화를 찾아다니는 비밀스럽고 소심한 일탈을 일삼고 있었으므로, 자연스럽게 내 생애 처음으로 영화에 대한 글을 써보기로 마음먹었다. 그렇게 주말에 도서관에서 영화 이론 서적을 탐독하던 중이었다. 프랑스어 단어로 된 영화 사조 하나를 발견하고 순식간에 사로잡혔다.

누벨바그Nouvelle Vague. 직역하면 '새로운 물결'이라는 뜻이다. 세계 영화 역사와 이론을 다룬 책들은 하나같이 2차 세계대전 이후 프랑스에서 나타난 이 새로운 흐름을 중요하게 다루고 있었다. 말 그대로 한가로운 백사장을 덮쳐 많은 것을 휩쓸어 간 높은 파도처럼, 영화 역사에서 엄청난 일이 일어난 것 같았다. 아네스 바르다, 프랑수아 트뤼포, 장뤽 고다르, 클로드 샤브롤과 같은 훗날 프랑스를 대표하게 된 감독들이 주축이었다. 감독을 시나리오의 내러티브를 영상으로 펼쳐놓기만 하는 테크니션이 아닌, 독창적인 영화적 세계를 창조해 내는 작가로 보는 '작가주의Politique des auteurs'라는 개념도 이 시기에 탄생했다. 스튜디오에 머물러 있던 카메라를 거리로 들고 나와 배우와 함께 숨 쉬고, 걷고, 달리며 해방시킨 것도 이들이라고 했다.

영화를 만들어본 적 없는 고등학생에게는 전혀 와닿지 않는 이야기였을 뿐 아니라, 그래서 도대체 뭐가 새롭다는 건지 영화를 보며 확인하려고 해도, 이들의 영화는 당시 한국에서 구하기도 힘들었다. 그래도 기존의 권위를 거부하고 자신들의 새로운 세계를 직접 보여주며 설득한 이 프랑스 젊은이들의 이야기만은 나를 사로잡았다. 반항하는 젊은이들이 결국 세상을 바꾸고 마는, 할리우드 영화에 나오는 성공기 같았다. 이들이 모두 애초에는 시네마테크에서 영화를 보던 영화광 그러니까 관객일 뿐이었다는 사실도, 당시 인정받던 프랑스 영화를 비판하면서 담론을 만들어갔고, 새로운 영화를 직접 만들어 냈다는 이야기도 그저 멋져 보였다. 거기에 이런 문장이 나왔다.

"자유는 주어지지 않는다. 쟁취하는 것이다La liberté ne se reçoit pas, elle se prend." 권위적인 프랑스 정부가 말썽 많고 돈 도 많이 드는 시네마테크를 해체하기 위해 창립자인 앙 리 랑글루아를 축출하자, 장뤽 고다르 감독이 영화인들 과 학생들의 봉기를 촉구하며 쓴 문장이라고 했다.

시간이 멈춘 것 같은 한낮의 교실에서 자유를 쟁취하 기 위해 카메라를 들고 뛰쳐나간 프랑스 젊은이들의 이 야기를 써 내려가며 뜨겁게 뛰던 마음, 낯선 프랑스 이름 과 미장센mise-en-scène이니 몽타주montage니 뜻도 잘 모르는 용어들을 영어사전에서 뒤지던 기억이 마치 어제의 일처 럼 선명하게 떠오른다. 입시 공부만으로도 지쳐 있던 그 시절에 어디서 그런 에너지와 호기심이 솟았을까 싶지 만, 누벨바그 청년들의 이야기는 곧 내 이야기이자 되고 싶은 꿈이었다. 언제라도 터져버릴 듯 그 시절 내 마음은 어른들에 대한 원망과 미움, 반항심에 부풀어 있었으므로, 펜 끝에서는 낯선 단어들과 함께 뜨거운 열기가 새어 나오고 있었을 것이다. 하얀 종이 세 장에 볼펜으로 꾹꾹 눌러 담은 프랑스 영화 청년들의 이야기는, 놀랍게도 미국인 교수를 흡족하게 했고(미국 지식인에게 누벨바그 이야기를 들이미는 건, 거의 반칙에 가까운 취향 저격이 아닌가 지금은 생각하지만), 최고점을 받은 친구 언니로부터 "너 천재 아니니?" 같은 칭찬을 들으며 내가 무슨 일을 저지른 건가, 어리둥절 피자와 스파게티를 얻어먹던 기억이 난다.

이후 본격적으로 누벨바그와 그 배경이 되는 68혁명에 대한 책을 읽으면서, 나는 프랑스를 사랑하게 됐다. 프랑스는 불의에 복종하지 않는 사람들의 나라, 전복적인 청년들의 주장이 진지하게 받아들여지고, 토론하는 시민들이 거리를 들썩이게 할 수도, 하루아침에 다른 세상을 만들 수도 있는 나라였다. 동경과 환상이 차곡차곡 마음에 쌓여갔고, 나는 누벨바그 감독들을 생각하며 이전보다 당당하게 시네마테크에 들락거렸다. 언젠가 꼭 프랑스에 가보겠다는 꿈은 생각보다 빨리 이루어졌다. 대학 입학 후, 남들이 2주 동안 유럽 5개국을 여행하는 동안, 나는 오로지 프랑스 한 나라에서 하루 한 끼만 먹으며 한

달을 머무르다가 돌아왔다. 돌아보니 시대를 앞서간 한 달 살기 여행이었다. 그리고 결국 누벨바그의 나라에 영화를 공부하러 가게 된다.

몇 년 지나지 않아 알게 됐다. 나를 매료했던 '그 프랑스'는 이미 한참 전에 지나간 옛날 얘기에 지나지 않는다는 사실을. 어렵게 말을 배워 입학한 학교에서 흥분을 감추지 못하고 누벨바그와 68혁명 이야기를 꺼낼 때마다, 친구들은 지루하다는 듯 이렇게 대답하기 일쑤였으니까. "그래, 그거 우리 부모님 세대, 옛날 얘기야." '옛날 얘기'에 관심 많은 친구는 이렇게도 말했다. "축복받은 세대지. 전후 베이비붐 세대. 경제도 살아나고 있었고, 사회 개혁이 필요한 시기였고. 결국 원하는 걸 다 이루면서 산 세대라니까. 누벨바그 같은 흐름이 프랑스에만 있었던 건 아니잖아? 이탈리아에는 네오리얼리즘이 있었고…."

감탄까지는 아니라도, "너 어떻게 누벨바그를 잘 아니?" 정도의 반응을 기대했으나, 그들 속에 섞이고 싶은 나의 바람과 반대로 그들로부터 분리되는 느낌이 들었다. 애써 거리를 좁혀 들어갔는데, 다시 외국인이 되는 기분. 마치 바스티유 광장에서 "여기 감옥이 어디에 있죠?" 하고 묻는 관광객이 된 기분이었다(실제로 몇 해 전 남편과 바스티유 광장을 지나가다 프랑스 역사책을 든 중국인 관광객에게 진지하게 그 질문을 받은 적이 있다. 우리는 웃어야 할지 울어야 할지 모르겠는 마음으로, 바스티유 감옥은 1789년 분노한 민중들에 의해 점령됐고 그때 철거됐으므로, 안타깝게도 지금은 흔적도 없다고 대답했다). 나는 조금씩 누벨바그와 68혁명보다 우리 세대가 당시 열광하던 데이비드 린치와 미하엘 하네케, 자크 오디아르의 영화에 집중하게 된다.

한때 나를 설레게 했던, 그 프랑스를 다시 떠올린 것은 학교에 입학하고 일 년쯤 지나서였다. 2002년 4월 기말시험을 앞두고 정신없던 어느 날, 특별히 뉴스를 챙겨 보지 않았던 나도 "대체 무슨 일이야?" 할 만큼 아침부터 프랑스 사회가 들썩거렸다. 전날 있었던 1차 대통령 선거(프랑스 대선은 두 번에 걸쳐 치러지며, 1차에서 상위 득표한 두 후보가 결선투표에서 겨루는 구조다)에서, 극우파 후보인 장마리 르펜이 16.86퍼센트의 득표율로 그해 당선이 가장 유력한 후보였던 사회당의 리오넬 조스팽(16.18퍼센트 득표)을 제치고, 자크 시라크 보수당 후보와 함께 결선에 올라갔기 때문이다. 전 정부의 총리였던 조스팽은 결과가 발표된 그날 저녁 바로 정계 은퇴를 선언했다.

프랑스 사회는 크게 두 가지 점에서 충격을 받았다. 하나는 71.6퍼센트라는 역대급으로 낮은 투표율(1965년부터 2022년 대선까지 통틀어 가장 낮은 기록이라고 한다), 다른 하나는 누구도 신경 쓰지 않았던 극우파 후보의 역대급 득표율이다. 그때까지만 해도 프랑스 사회에서 르펜이라고 하면, 사형 제도에 찬성하고 노골적인 인종차별과 이민자 반대 발언을 일삼는 위험한 극단주의자로 여기는 분위기였다. 대선 후보 토론이 있어도 초대받지 못할 만큼 언론에서도, 정치인들도 그를 진지하게 상대해 주지 않았으니까(실제로 그해에는 대통령 결선 투표를 앞두고 진행되는 후보 간 토론도, 르펜과는 토론할 수 없다는 자크 시라크의 기권으로 열리지 않았다).

그리고 그 주 주말, 시위가 열렸다. 나는 한국에 있는 지인 기자의 부탁으로 취재를 나갔다. 아침부터 얼마나 많은 사람들이 나왔는지 함께 나온 학교 친구들은 금세 인파에 휩쓸려 찾을 수 없었고, 통화량이 몰려서인지 전화도 잘 터지지 않을 정도였다. 8, 90년대를 한국에서 살았던 내게 시위 현장이란, 최루탄과 물대포가 터지고 쫓는 사람과 쫓기고 맞는 사람이 있는 긴장감 넘치는 곳인데, 이곳에선 조부모부터 손자 손녀까지 3대가 함께 나와 걷는 풍경이 펼쳐졌다. 목말이나 유아차를 탄 어린아이들도 보였다.

그리고 노란색 손바닥 물결이 있었다. 반인종차별 단체인 'SOS Racisme'에서 배포한 노란 손바닥이 그려진 종이를 사람들이 들고 다녔기 때문인데, 그 위에 "Touche pas à mon pote"라고 쓰여 있었다. "내 친구에게 손대지 마라." 그 문장을 한참 바라보다가 코끝이 시큰해졌다. 외국인, 이민자, 다른 인종의 사람들을 '친구'로 명명한 것도 그랬지만, 무엇보다 그 노란색 물결의 의미를 깨달았기 때문이다. 어차피 뻔한 결과가 나올 거라 생각하고 투표장에 나가지 않았던 사람들은, 그 하루의 선택이 극우파 후보가 대통령 결선투표에 오르는 충격적인 결과를 낳았고, 가장 큰 피해자는 투표권이 없는 이민자들이 될 것임을 생각했을 것이다. 그러니 그 시위는 일정 부분, 그 자리에 없는 사람들과 투표할 권리도 없는 사람들에 대한 미안함, 책임감, 연대감의 표현이 아니었을까. 나를 한때 사로잡았던, '자유는 그냥 주어지지 않으므로 쟁취해야 한다'고 생각하는 사람들이 떠올랐다.

안타깝게도 '극단적'으로만 여겨졌던 르펜의 주장은 조금씩 '일반적'인 것으로 자리 잡았다. 아버지 르펜에서 딸과 조카 르펜으로 이어지는 극우파 정치인들은 TV 토론에 초대받기 시작했고, 스멀스멀 발언 시간을 늘려갔다. 노란색 손바닥을 들고 "내 친구에게 손대지 마라" 했던 사람들의 많은 수가 몇 년 후에는 "이민자는 너희 나라로 돌아가라"고 외쳤다.

시간이 흘러 졸업을 앞둔 날, 이런 일이 있었다. 친한 친구들과 각자 연출하는 영화의 스태프가 되어 짧은 영화를 만들던 중이었다. 몽파르나스역 뒤편의 한적한 길에서 남녀 배우가 나란히 걸으며 이야기하는 장면을 찍기 위해, 촬영을 맡은 내가 두 배우를 카메라 뷰파인더로 보면서 뒷걸음질 치고 있었다. 그런데 그 순간, 두 배우 사이로 얼굴 하나가 불쑥 드러났다. 노년의 프랑스 남자였는데, 카메라를 똑바로 응시하며 배우들과 리듬을 맞쳐 함께 걸어오고 있었다. 처음엔 노숙자인가 싶었으나, 점점 어디선가 많이 본 얼굴이라는 확신이 들었고, 무엇보다 화면을 통째로 빨아들이는 카리스마에 10초쯤 나도 모르게 숨을 죽였다. 그러다가 카메라를 내렸을 때, 옆에 있던 친구의 목소리가 들렸다.

"봉주르, 무슈 장피에르 레오."

노숙자인가 했던 남자가 빙긋 웃으며 친구에게 손을 내밀었다. 장피에르 레오라고? 장피에르 레오는 누벨바그 감독인 프랑수아 트뤼포의 거의 모든 영화에서 아역부터 성인이 되기까지 평생을 연기했던 배우다. 고등학교 시절 대필 리포트에 썼던 낯선 이름, 그 누벨바그의 배우가 내 카메라 프레임 안에 우연도 아닌 그의 자의로 등장한 것이다. 그는 바로 옆에서 산다면서, 집에 들어가다가 촬영을 하고 있기에 한번 와봤다며 모두와 악수를 나누고는 홀연히 사라졌다.

몇 달이 지나도록 그를 만난 여운 속에 있었다. 평생을 오로지 한 가지에만 머문 나머지, 어느새 그 일이 인생 자체가 된 사람에 대해 생각하면서. 열세 살의 나이에 어쩌다가 누벨바그의 얼굴이 된 그는, 평생을 '영화로서' 산 것처럼 보였다. 영화를 위해서도 아니고, 영화처럼도 아닌, 그 자신 그대로 영화가 되어서. 그리고 나는 내 프레임 속의 그가, 한때 활활 타올랐으나 이제는 식어버린 재와 같다고 생각했다. 아, 내가 사랑했던 한 시대가 저물었구나, 내가 찾던 그 시절은 막을 내렸구나.

2002년 16.86퍼센트의 득표율로 전국의 어마어마한 인파를 거리로 나오게 한 장마리 르펜의 딸 마린 르펜은 2022년 1차 대선 투표에서 23.15퍼센트의 득표율로 결선에 올랐다. 이번엔 누구도 놀라지 않았다. 뒤이어 2024년 총선에서는 프랑스 역사상 최초로 마린 르펜이 이끄는 극우파 정당이 제1당을 차지하는 1차 투표 결과가 나왔다. 극우파가 국회 의석의 과반을 차지하는 결과만은 저지하기 위해 많은 시민들이 거리로 나왔고 결국 국민적 단합으로 막아냈으나, 모두가 알고 있다. 마린 르펜은 다음 대통령 선거의 가장 유력한 후보라는 것을. 영화는 어떤가. 칸 영화제는 여전히 중요한 시상식으로 세계적인 주목을 받지만, 이제 누구도 프랑스 영화를 예전만큼 중요하게 이야기하지 않는다.

이 나라의 어느 한 시절이 나의 한 시절과 맞아떨어져 나를 이곳까지 이끌었으나, 그사이 시간이 흘러 나를 사로잡았던 가치도 흐릿해졌다. 시대에 맞게 변화하지 못한 나는 과거에서 눈을 떼지 못하고, '뒷걸음질 치며'•미래로 들어서고 있는가.

몇 해 전 점심시간, 한 프랑스 식당에서였다. 동네의 인기 많은 식당이었고 사람들로 가득 차 있었다. 남편과 둘이 4인용 테이블에 앉게 됐는데, 노년의 여성이 다가와 말했다. "자리가 없어서 그러는데, 같이 앉아도 될까요? 참고로 저는 화가고, 브라질에서 왔고, 보수당에 투표하지 않아요." 브라질에서 왔다지만 완벽한 프랑스어를 하는 것으로 보아 프랑스에 산 지 오래된 것 같았다. 우리는 "오 완벽한 이웃이군요"라고 화답하며 흔쾌히 자리를 내주었다.

그날따라 음식은 늦게 나왔고, 마주 보고 오랜 시간

• 폴 발레리의 문장 "Nous entrons dans l'avenir à reculons(우리는 뒷걸음질 치며 미래로 들어선다)" 인용. Paul Valéry, *La Politique de l'esprit*, Editions du Sagittaire, 1934, p. 84.

을 보내게 된 화가는 끊임없이 말을 걸었다. 그리고 테이블 위 냅킨을 하나씩 꺼내 그림을 그리기 시작했다. "자기야, 색깔 있는 옷을 입어요. 사람들은 왜 그렇게 시커먼 옷만 입는지 몰라" 같은 말을 하면서, 오색 사인펜으로 나를 그려주고, 내 앞의 남편을 그리고, 옆 테이블 손님들을 그리고, 급기야 서버까지 그려 모두에게 선물로 주었다. 식당은 순식간에 화기애애해졌고, 음식을 오래 기다려야 했으나 누구도 항의하지 않았다.

식사를 마치고 먼저 일어서는 우리에게 화가는 자신의 작업실 주소를 써주며 꼭 놀러 오라고 했다. 그곳엔 맛있는 음식과 좋은 와인과 즐거운 사람들이 있다면서. 그리고 우리가 마신 와인을 대신 계산하겠다는 제안을 한사코 거절하자 이렇게 말했다.

"자기야, 받을 줄 모르면 주기도 힘든 거야. 그런 인생은 재미없잖아?"

종종 타인에 대한 이유 없는 애정으로 벽을 쉽게 허물어버리는 이들을 마주할 때면, 한때 나를 꿈꾸게 했던 '그' 프랑스가 떠오른다. 비록 누군가의 박탈당한 권리를 위해 치열하게 봉기하는 시대는 지나갔대도, 나의 실리가 타인의 권리보다 더 중요한 사회인 듯 보여도, 내가 사랑했던 그 도시의 낭만과 열정의 불씨는 살아 있는지도 모른다는 기대와 함께.

나의
포근한 언어

아니 에르노, 크리스티앙 보뱅, 파스칼 키냐르…. 나는 현대 프랑스 작가의 책들 사이에서 한 시간이 넘도록 서성이는 중이다. 처음엔 그저 반가운 마음이었다. 이 작품들을 한국 서점의 매대 위에서 한꺼번에 보다니, 이게 무슨 일인가 싶은. 베르나르 베르베르나 기욤 뮈소의 책을 제외하면, 프랑스 문학은 대체로 사람들이 잘 오가지 않는 구석진 곳에 오랜 고요의 기운을 머금고서 놓여 있기 마련이니까.

　이 책을 이렇게 예쁘게 만들었네, 하며 『나는 나의 밤을 떠나지 않는다』를 넘겨 보다가 파리에 가져가고 싶다는 생각이 든 순간, 파리 집 침대 머리맡에 놓인 이 책의 프랑스어 원서가 떠오른다. 정확히 말하면 침대 옆 협탁 책 더미의 아래쪽에서 숨만 쉬고 있는. 에르노가 어머니의 병상을 지키며 썼다는 그 책을 파리 시청 앞 백화점의 서점에서 샀던 기억이 생생한데 한 권을 또 살 수는 없다. 살며시 내려놓고 옆을 보니 『단순한 열정』이 있다. 나도 모르게 한숨이 새어 나온다.

나는 이 책을 이미 20여 년 전부터 가까운 사람들에게 반복적으로 추천받은 바 있고(우연인지 그들은 하나같이 쉽지 않은 사랑에 빠져 있었다), 15년 전쯤 프랑스어 문고판을 사두었지만 끝까지 읽지 못했다. 그런 책 하나씩 있지 않은가. 읽으면 좋을 걸 알지만, 이상하게 세 쪽 이상 넘어가지 않는 그런 책. 내게는 『단순한 열정』이 그랬다. 한국에 온 이후로 나는 대화 중 이 책이 언급되지 않도록 피해 다니는 중이다. 노벨문학상 수상으로 유명해진 에르노가 프랑스 작가임을 떠올리며 혹시라도 누군가가 "아니 에르노 좋아하세요? 『단순한 열정』 어떠셨어요?"라고 물어올까 봐.

에르노는 적극적인 사회참여 작가고, 나는 「르몽드」

에 실린 그의 기고문도 감동적으로 읽었다. 모두가 읽은 '그' 책을 다만 '아직' 읽지 않았을 뿐.『단순한 열정』은 짧은 책이다. 한국어로 읽으면 반나절이면 다 읽을 것이다. 이 한국어 번역본을 사서 장장 15년 묵은 숙제를 끝내야겠다 싶어 책을 집어 올리다 멈칫한다. '꼭 한국어로 읽어야겠니? 프랑스어로 쓰인 글인데?' 하는 단호한 마음의 소리 때문이다. 프랑스 작가의 책을 한국어로 읽다니… 이래 놓고 어디 프랑스어 구사자라고 얘기하고 다닐 수 있겠는가.

　『단순한 열정』을 마지못해 내려놓고 나니, 그 옆에 놓여 있는 파스칼 키냐르의『로마의 테라스』가 보인다. 아, 키냐르! 키냐르를 한국어로 읽으면 안개 속을 걷는 것 같은 모호함이 말끔히 해소되지 않을까? 키냐르는 인간적으로 한국어 번역본 사도 되는 거 아니냐 스스로에게 응석을 부려보지만, 모호할수록 원문에서 답을 찾아야지 하는 올곧은 마음의 소리에 바로 묻힌다. 내게는 한국어로 읽을 때는 이해가 되지 않다가, 프랑스어 원서로 읽으면서 직관적으로 이해하게 된 인문서의 경험이 있다. 들뢰즈와 부르디외도 프랑스어 원어로 읽으면서야 조금 알 것 같았다.

조용한 서점, 아무도 모를 심적 갈등이 지속된다. 프랑스 작가의 책 몇 권을 들었다가, 내려놨다가, 지나쳤다가 다시 돌아와 넘겨 보기를 반복하다가 시계를 보니 벌써 한 시간이 지났다. 점심 약속에 늦을 지경이다. 이번에도 결국 한 권도 고르지 못했다. 서점을 나서는 마음이 석연치 않다. 아니 에르노를 두고 떠나는 뒤통수가 간질거린다.

한국에 머무는 동안에는 틈이 날 때마다 서점에 들른다. 이제 파리에서는 한국식 양념치킨도 배달시킬 수 있고, 비비고 만두도 살 수 있으며, 심지어 떡집도 있는데, 단 한 가지 손에 넣기 힘든 것이 있으니 바로 '한국 책'이다. 아무리 한류가 폭발적인 인기를 끌어도, 한-EU 무관세 품목이 확장된대도, (시장은 한정적이고 물류비용이 높은) 한국 책을 파는 서점은 파리에서 보기 힘들 것이다. 그러니 한국의 서점은 이 세상 모든 곳을 통틀어 내게 가장 신나는 장소다. 파리에 가져갈 한국 책을 고르는 일, 그것도 비행기 수화물 무게에 맞추어 몇 권의 책'만'을 골라

내는 어렵지만 짜릿한 일을 할 수 있는 곳이니까. 아무리 친한 친구라도 함께 가고 싶지 않은 내밀한 곳이기도 하다. 책을 구경하고 읽고 고르는, 고도의 집중력이 필요한 일을 어떻게 함께한다는 말인가?

　책(소장)을 좋아하는 두 사람이 사는 우리 집 거실에는 각각 벽 하나씩을 차지한 두 개의 커다란 책장이 있다. 오래전 대규모 '서재 결혼시키기'를 하면서, 책장 하나에는 수백 개의 영화 DVD 세트와 영화 책을, 다른 책장에는 영화 서적을 제외한 다른 모든 책을 꽂아두었다. 둘 다 영화 전공자고, 남편은 수백 장의 DVD 세트를 소장한 컬렉터이기 때문이다. 이후 현재의 집에 이사 오면서 DVD 세트를 모두 전문 파일철에 정리하고 나니 자리가 생겼다. 영화 책이 아니라는 이유로 하나의 책장에 숨 쉴 틈 없이 꽂혀 있던 책들을 정리하는 기준을 '언어'로 정했다. 책장 하나는 한국어 책, 다른 하나는 프랑스어와 영어, 이탈리아어 책 서가가 됐다. 남편이 한국어 책을 읽지 못하니 책장 하나는 온전히 나만의 공간이고, 이 두 서가의 긴밀한 관계성을 아는 사람도 나뿐이다.

책장에는 다른 언어로 쓰인 같은 책이 여러 권 있다. 주로 한 사람이 읽고 좋아서 다른 이에게 추천한 책들이다. 미국 작가 엘리자베스 스트라우트의 『올리브 키터리지』는 내가 한국어로 읽고 좋아서 남편에게 프랑스어 번역본을 선물했고, 조너선 프랜즌은 남편이 프랑스어로 읽고 추천해 『인생수정』과 『자유』를 한국어 번역본으로 읽었다. 이탈리아 작가 엘레나 페란테의 나폴리 4부작도 내가 먼저 한국어 번역본을 읽었고, 나의 열광적인 전도에 남편이 프랑스어 번역본을 따라 읽었다. 무라카미 하루키와 아쿠타가와 류노스케는 학생 시절 남편과 나의 중요한 공통 관심사였다. 훗날 서재를 합치면서 알았다. 우리 집에는 그 두 작가의 책이 한국어와 프랑스어로 총 스무 권 가까이 있다는 것을. 그뿐인가, 줄리언 반스의 『사랑은 그렇게 끝나지 않는다』는 런던 여행 시 충동 구매한 영어 원서까지 합쳐 총 세 개의 언어로 소장하게 됐다. 책장은 늘 터지기 직전이고, 침실, 서재, 책상, 식탁 위까지 집안 곳곳이 책 더미다.

매해 늘어나는 책의 양을 생각하면, 같은 작품을 하나의 언어로, 그러니까 내가 이 작품들을 처음부터 프랑스어로 읽으면 될 일 아닌가 싶다. 하루키의 신간이 나올 때마다 갈등한다. 그냥 프랑스어로 읽을까? 어차피 남편이 프랑스어 책을 사 올 텐데. 하지만 프랑스어가 원어가 아닌 작품을 왜 꼭 프랑스어로 읽어야 하는가? 어차피 번역본이라면 프랑스어 번역이 낫다는 보장이 있나? 갈등 끝에 나름의 원칙을 만들었다. 프랑스어가 원어가 아닌 작품은 굳이 프랑스어로 '읽지 않아도 된다'. 내가 프랑스 문학보다 영미권 작품에 관심이 큰 이유는 어쩌면 이 때문일지 모른다. 한국어로 '마음 편히' 읽을 수 있어서.

고백하건대, 나는 한글 책이 좋다. 프랑스 대학에서 프랑스어로 많은 논술 시험을 봤고, 논문도 여러 차례 썼으며, 스무 해가 넘도록 프랑스어로 살고 있지만, 여전히 한국어로 읽는 게 제일 좋다.

학위를 마치고 더 이상 프랑스어로 긴 글을 쓰지 않아도 됐을 때, 마음껏 한국어로 읽고 쓸 시간이 생겼을 때가 돼서야 자각했다. 나도 프랑스인들처럼 빠르게 쓰고 읽을 수 있는 사람이었다는 것을. 단어 하나하나의 명확한 뜻을 고민해 주도적으로 선택할 수 있을 뿐 아니라, 행간에 숨어 있는 의미와 작가의 숨결을 감각할 수 있는 사람이었음을. 이토록 쉽고 포근하고 달콤한 언어가, 내게도 있었음을. 삶의 중요한 일들이 모두 프랑스어로만 이루어졌던 20대를 보냈지만, 프랑스어는 결국 모국어의 자리를 대체하지 못한 것이다.

모국어. 모든 사람에게 엄마가 있듯이 모두가 공평하게 가지고 있는 것. 이미 몸과 마음속에 스며들어 있는 것. 노력하지 않아도 자연스럽게 구사할 수 있는 단 하나의 언어. 시선을 의식해 꾸미고 있지 않아도 되는 나만의 공간. 나를 있는 그대로의 '나'일 수 있게 해주는 도구. 함께 있을 때는 하찮아 보이지만, 함께할 수 없으면 한없이 귀해지는 나만의, 나의 언어.

2주 후, 인천공항. 나는 다시 서점으로 향한다. 수십 권의 책들을 무사히 다 실어 보낸 후 공항 서점에 들어서는 마음이 얼마나 가뿐한지, 모국어 책을 좋아하는 이민자들만이 알 것이다. 드디어 무게 걱정 없이 책을 살 기회가 주어진 것이다. 다만 공항 서점에는 내 취향의 책들이, 아니 책 종류 자체가 그리 많지 않다는 문제가 있을 뿐.

그런데 이럴 수가, 아니 에르노의 『단순한 열정』이 보란 듯이 놓여 있다. 아니, 이 정도면 운명 아닌가? 그 228그램의 모국어를 가방에 넣고 서점을 나오는데 웃음이 난다. 모국어의 무게로 가방이 무거워질수록 국경을 넘는 이민자의 마음은 든든하다. 이방인의 처지가 서러워 잠들지 못하는 밤이 오면, 이 책들을 꺼내 떠나온 곳의 사람들이 지어놓은 아름다움을 더듬고, 마음을 덥힐 것이다. 그렇게 모국어의 힘으로 외국어의 세계를 향해 한 발, 또 한 발 나아가겠지.